아름다운 외도

아름다운 외도

발행 | 2025년 3월 13일

지은이 | 신형호
펴낸곳 | 도서출판 학이사
      출판등록 : 제25100-2005-28호
      주소 : 대구광역시 달서구 문화회관11안길 22-1(장동)
      전화 : (053) 554~3431, 3432
      팩스 : (053) 554~3433
      홈페이지 : http : // www.학이사.kr
      이메일 : hes3431@naver.com

ISBN 979-11-5854-558-1 03810

아름다운 외도外道

신형호 산문집

學而思 학이사

소리 없이 계절이 흐른다. '책쓰기 포럼'을 끝내고 두 번째 수필집을 낸 지 10여 년이 훌쩍 지났다. 다시 떨어진 꽃잎들을 하나, 둘 주워 모았다. 살며시 만지면 바스락 소리내며 부서지는 것들, 아직도 물기가 촉촉이 남아 있는 내 감성의 분신이다. 아름답지만 슬프다. 꽃이 아름다운 이유는 반드시 진다는 섭리 때문이 아닐까.

좋은 글을 쓰고 싶었지만, 마음만 앞섰다. 흩어진 원고를 정리하며 한참 생각에 잠겼다. 새로 묶어야 할까? 바람 속에 날려 보낼까? 차분히 읽어봤다. 그냥 버리기는 아쉽다. 나는 서사적인 글보다 서정적인 글을 좋아한다. 감성이 강하다. 내면의 고백이 많다. 글을 쓰면서 항상 두 가지 화두에서 벗어나지 못했다. 내가 하고 싶은 감성적인 느낌과 말이, 남이 듣고 싶은 이야기가 될 수 있을지가 숙제였다.

세상에는 70억이 넘는 인간이 살아간다. 비슷한 사람은 있어도 똑같은 사람은 없다. 생각, 습관, 행동, 성격이 모두 다르다. 글도 그렇다. 서사와 서정 사이에서 비교와 경쟁도 있지만, 겸손과 조화로 톱니바퀴처럼 맞물려 살아간다. 오해와 이해 사이에서 부대끼다가, 세월의 흐름에서 화해로 순환하는 삶의 기록이 인생이고 글이 아닌가.

고희를 넘었다. 전에는 보이지 않던 것이 보이는 듯 착각도 한다. '아는 것이 좋아하는 것만 못하고, 좋아하는 것은 즐기는 것만 못하다.' 는 성현의 말씀이 가슴에 닿는다. 나는 지금 어느 단계에서 살아갈까? 글쓰기를 좋아할까? 절실함에 즐기면서 글을 쓰고 있을까? 전혀 아니다. 부끄럽다. 내가 하고 싶은 것과 하는 것은 다르다. 나이 들어 하고 싶은 일을 하면서 산다는 것은 정말 어렵다. 삶의 변화가 필요했다. 새로움을 찾았다. 요즈음은 하모니카 연주와 탁구 경기에 푹 빠져있다. 즐겁다.

　여행 디지털 크리에이터 전성시대이다. 저마다 다른 방법을 통해 쉽게 갈 수 없는 장소를 탐방하고 소개한다. 재미있다. 기행 수필을 많이 쓰는 내가 좋아하는 장르이다. 오지에서 만나는 사람과 나누는 따뜻한 마음, 주고받으며 맺은 인연을 보며 감동하고 배운다. 그들의 일정이 한 편의 글이고 삶이다. 재미와 감동을 주는 글이 좋다. 다음에 나올 작품은 둘 중 하나라도 만족하는 글이 될 수 있기를 소망한다.

2025년 이른 봄

신우당 申愚堂

5

차례

2부 _ 청산靑山은 나를 보고

3부 _ 꽃이 지고 있다

1부

어머니라는 나무

벽고목霹古木

　　바람재를 오른다. 새털구름이 마중 나온 능선 길은 풀꽃향기로 상큼하다. "관세음보살, 관세음보살…." 불심으로 한 걸음 한 걸음 걸어 온 산사山寺, 어머니의 가쁜 숨소리가 지팡이 쥔 손끝을 따라 허공으로 스러진다.

　　백여 년 전, 천덕산千德山 남쪽 어깨에 자리한 직지사直指寺 삼성암三聖庵과 인연을 맺은 것은 할아버지 때였다. 내리 딸만 넷을 생산한 할머니는 남아선호사상에 뿌리 깊은 시어른을 뵐 낯이 없었다. 타관의 물을 먹어야 아들을 점지해 준다는 스님의 말씀을 듣고 할머니는 대처로 이사를 했다. 먼 길을 마다않고 약사보전에 기도를 올린 지 세 해가 되던 해, 마침내 금쪽같은 아들을 낳았다.

　　늦봄 햇살은 튼실하다. 연둣빛 이파리와 계곡 물소리가 어우러진 절집 마당, 청아한 예불 소리가 산허리를 감돌아 풀어진다. 새우처럼 굽은 샛길을 돌아가면 아담한 법당을 만난다. 약사보전 돌계단 옆문으로 들어선 어머니가 힘겹게 꿇어앉는다. 자식들의 앞길을 축원하는 당신의 정성이 향 연기 따라 퍼진다. 스님의 독경 소리가, 기도드리는 어머니의 등 뒤로 은은하게 스며든다.

골 깊고 물 맑은 이 산속은 부처님의 영험한 기운이 가득하다. 황악산黃嶽山 날개에서 뻗어 나와, 천 가지 덕을 품고 있다는 산 어깨에 둥지를 튼 삼성암! 이곳은 계곡의 맥박과 숲의 숨소리가 지혈을 뚫고 생동한다는 명당으로 전해진다. 절 마당 모퉁이에 해묵은 나무 한 그루가 눈에 들어온다. 부러진 한쪽 가지와 굵은 상처를 지닌 고목은 오랜 세월 암자와 더불어 살아왔다고 전해지는 벼락 맞은 보리수나무이다.

온갖 풍파 속에서도 꿋꿋이 생명을 지켜온 나무가 아닌가. 고목 옆, 평상에 앉은 당신이 나지막하게 한숨을 내쉰다. 미수米壽를 바라보는 세월을 짊어진 어머니는 긴 예불 시간이 힘에 부치셨나 보다. 뭉게구름 하나가 마당을 쓸어간다. 모진 풍상에 생채기가 드러난 나무를 보면서 어머니는 살아온 날을 되짚는다. 꽃봉오리 스물에 부부의 인연을 맺었지만, 사십 대 초에 가장이 뇌졸중으로 쓰러졌다. 날벼락이다. 당신의 삶이 이 나무와 닮았을까? 졸지에 벼락 맞은 신세가 되었다. 그때부터 몸과 정신을 부축해 준 것은 이 고목과 부처님의 힘이었다. 당시에는 20여 리 오솔길을 걸어야 참배할 수 있는 암자였다. 가족의 건강과 안녕을 위해 눈비를 뚫고 다니던 절집. 예불을 마치면 으레 이

나무 아래에서 삶을 반추하곤 했다.

벼락 맞은 보리수나무와 어머니는 무슨 인연으로 맺어졌을까? 삶이란 수많은 만남의 고리로 엮어진다. 풋풋한 새순 같은 해맑은 만남도 있었고, 캄캄한 밤 가시덤불에서 허우적거리는 절박한 만남도 많았다. 흔들리고 외로울 때 의지하고 용기를 주는 인연은 자연에서도 만난다. 그런 당신에게 이 고목과 만남은 인생의 전환점이 되었다. 비바람에 삶의 꽃잎이 떨어질 때마다 기도하고, 상처 난 나무와 교감하며 자신을 추스르고 살았으리라. 어머니는 현실과의 싸움이 아니라 사랑과 기도로 매듭을 풀어나갔다. 이 나무가 치유의 동반자이자 삶의 버팀목이었다.

나도 물끄러미 고목을 쳐다보았다. 벼락 맞고도 살아남은 나무는 무슨 생각을 하고 살았을까? 그도 오랜 세월 구도자의 자세로 지냈으리라. 새벽마다 독경 소리에 깨달음을 얻고 생명력을 불어넣었으리라. 사계절 부처님의 음성을 들으면서 제 상처를 치료하고 신도들과 마음을 주고받았나 보다. 상처 난 나무에 새살이 돋듯 어머니도 불심으로 세파의 늪을 헤쳐 나갔다. 침침해진 눈으로 나무를 바라보는 어머니의 말없는 대화가 끝이 없다.

산속의 햇살은 잰걸음으로 지나간다. 솔바람 소리에 화답하는 풍경 소리가 머리를 맑게 한다. 상처 난 고목을 보다가 문득 나를 돌아보았다. 어느새 고희를 턱밑에 둔 세월에 와 있다. 나는 얼마나 어머니의 마음을 알고 살아왔을까? 굵게 주름진 당신의 얼굴을 볼 때마다 아쉬움과 안타까움만 앞선다. 험난한 절벽과 깊은 연못이 없는 인생은 없을 것이다. 뇌졸중으로 생사를 헤맨 가장을 대신한 당신의 삶은 파란만장한 소설 속 주인공이었다. 올망졸망한 어린 오 남매의 인생을 짊어지고 지탱해 온 작은 어깨가 숨 쉴 때마다 햇살 속에 오르내린다. 어디서 그렇게 살아갈 힘을 얻었을까? '비교하지 마라' '따지지 마라' 라는 가르침이 있는 절집. 오직 불심과 고목과의 교감 덕이리라. 말없이 나무를 바라보는 어머니의 모습에서 부처님의 형상이 떠오른다.

진달래 피고 벚꽃 지는 계절이 세 번 바뀌었다. 그날 이후 당신은 삼성암을 다시 찾지 못했다. 큰 수술로 어렵게 지탱하던 허리가 문제였다. 어쩔 도리가 없었다. 가지런히 정리된 병원의 침대 머리맡에는 늘 조그마한 암자 달력과 염주가 자리했다. 찾아뵐 때마다 어머니의 손에는 염주가 떨어지지 않았다. 보리수나무 열매로 만든 염주이다. 그것을 돌리며 암자의 고목과 대화하는 듯하다. 이제는 간병인과 휠체어 도움 없이는 움직이기 힘들지만, 새벽마다 자식을 위해 기도하는 모습은 벼락 맞고 살아난 보리수나무의 삶과 흡사하다.

지난밤 비바람에 봄꽃들이 우수수 떨어졌다. 마음이 스산하다. 어머님은 잘 계실까? 문득 거실 책장 유리에 꽂힌 암자 사진이 눈에 들어온다. 오래전 겨울, 어머니와 함께 가서 찍은 사진이다. 절집 마당을 덮은 하얀 눈과 종무소 앞의 고목이 또렷하

다. 굵은 주름만 가득 찬 당신의 얼굴이 벼락 맞은 보리수나무
와 겹쳐져 눈가가 촉촉해진다.

벼락 맞은 고목과 어머니의 삶이 치유된 천덕산 삼성암! 다시
천년 세월 중생을 구제하려는 약사보전 예불 소리만 풍경 소리
에 얹혀 세상을 어루만진다.

겨울에 스미다

바람 부는 날, 보이는 것이 갑자기 시큰둥해지는 시간이 생긴다. 흔들린 마음의 물결이 몸을 인도할 수 없는 날이다. 몸의 나이테가 쌓여 갈수록 정신은 익어가지만, 알 수 없는 허전함에 가끔 하늘을 쳐다본다. 이런 날은 숲의 소리가 그리워 운동화 끈을 졸라맨다.

길섶에 납작 엎드린 마른 풀은 바스락거리고, 한 계절 푸르렀던 숲은 저물어 가는 햇빛 속에 황량하다. 잎이 무성하던 나무도 듬성듬성 바닥을 드러낸 머리숱처럼 헐벗어 차갑게 느껴진다. 눈길 닿는 곳을 따라간 마음은 벌써 앙상한 겨울 나목을 떠올리며 고요의 늪에 빠진다. 발길에 밟히는 낙엽이 가슴을 더 시리게 한다. 대설大雪 지난 숲은 명절 다음 날 가족들이 뿔뿔이 빠져나간 뒤 혼자 앉은 거실처럼 휑하다.

시린 하늘을 이고 있는 은사시나무 숲길에 들어선다. 허옇게 껍질 벗어진 몸통, 한 장 남은 섣달 달력을 보는 듯 허전하고 안타깝다. 여물어 가는 나이 탓일까? 걸음의 경쾌함도 예전 같지 않다. 실체를 모르는 우울의 그림자가 내내 가슴속에 웅크리고 있다. 찌를 듯이 허공으로 뻗어 있는 가지 끝을 올려다본다. 가만히 두 팔로 나무를 안는다. 진한 온기가 없어도 맑은 기운이 전해온다. 잠시 눈을 감고 멍하니 생각에 잠긴다.

작년부터일까? 몸 여기저기 삐걱거리는 소리가 났다. 자연스러운 세월의 현상이라는 지인의 말을 쉽게 받아들이지 못했다. 나이가 들어 당연한 일이지만 아직은 몸보다 마음이 먼저 반기를 든다. 늘 어제가 그립고 오늘은 답답하다는 날이 이어진다. '이러면 안 되는데.' 라는 생각이 수없이 들지만, 심신이 따로 움직이니 삶의 균형을 잡기가 어렵다.

미국의 심리학자 에릭 에릭슨은 삶을 8단계로 나누었다. 내가 접어든 단계는 마지막 단계이다. 여생을 앞두고 살아온 삶을 점검하고 통합하는 시간이다. 좋은 점은 지난날 잘못이나 결정 등을 인정하고 수용함으로써 자아 통찰을 이룰 수가 있다. 반대가 되면 절망의 늪에 빠질 수도 있다. 우리 삶은 부정적인 상황에 익숙해져 있는 것이 대부분이라고 주장한다. 하지만 이런 좌절은 진화와 변화를 위해 필요한 과정이다. 좌절을 통해 우리가 성장하고 더 많이 배울 수 있도록 해 준다고 한다. 지금 나는 어떤 마음을 가지고 있을까?

오늘 아침 식사 시간이었다. '비교하지 마라.' '따지지 마라.' 갑자기 싱크대 위에 붙여진 글이 눈에 확 들어왔다. 어머니가 다니시는 암자의 가르침이다. 정신이 번쩍 들었다. 평소에는 생각 없이 보던 글이다. 부정적인 생각에 빠진 내 뒤통수를 '탁' 치는 말이 아닌가. 돌아보면 누구보다 부지런하고 열정적으로 살아왔다. 평범하지만 큰 탈 없이 직장에서 은퇴하고, 인생의 황금기라는 삶을 누리는 시기이다. 몇 해 전부터 건강에 빨간불이 몇 개 켜졌지만 아직은 견딜 만하다. 왜 나보다 좋은 환경과 비교만 하고 남에게 따지기만 하는 마음만 가졌을까? 자신을 가만히 돌아보았다. 힘이 좀 들지만 이렇게 산행도 하고 있지 않은가? 왜 낡은 생각에 허우적거리고 있었을까? 노화라는 자연의 섭리를 받아들이지 못한 결과로 보인다.

갈림길 너럭바위에 앉았다. 산 정수리 쪽 하늘 아래 세월을 감돌아 흐르는 능선 길이 눈에 들어온다. 새털구름과 마주한 숲길에는 세속의 찌꺼기가 보이지 않는다. 눈을 감고 심호흡을 해본다. 건너편 나뭇가지에서 황금빛 가슴 털을 가진 산새 한 마리, 청아한 지저귐으로 귀를 간질인다. 조금 있으니 잿빛 나래를 가진 박새가 겨울 산을 노래한다. 유튜브에서 즐기던 경쾌한 현악 연주에 빠진 것 같다. 세상이 아름답다. 귀여운 새들의 연주에 취하니 심신이 덩달아 환해진다. 새로움으로 몸이 가벼워진다. 올라올 때 듣지 못했던 계곡물 소리가 그늘을 밟고 은은하게 울린다.

아래편에서 느린 걸음으로 지팡이를 짚고 한 사람이 올라온다. "안녕하세요." "반갑습니다." 가벼운 눈웃음으로 오가는 인사말이 정겹다. 팔순이 넘어 보이지만 하회탈 닮아 싱긋 웃는 얼굴에서 긍정적인 삶의 연륜이 보인다. 잠시 나눈 대화에 편안 해진다. 내려가는 길에 다시 은사시나무 숲에 들어갔다. 그늘이 짙어졌지만, 나무껍질은 여전히 허옇고 투명하다. 사랑하는 심 정으로 포근히 안고 귀를 대 보았다. 따뜻한 숨소리가 들린다. 허연 몸통에서 황금빛 밝은 에너지가 뿜어 나온다. 새롭다. 새 봄이 오면 길어 올릴 수액 소리도 들리는 듯하다. 올라올 때 느 끼지 못한 기운이 늑골 아래까지 스며온다.

콧노래가 나온다. 잃었던 내 안의 긍정 에너지를 찾은 즐거움 일까? '한오백년' 민요 한 자락 길게 숲을 헤집으며 산길을 내 려온다. 푸른 이끼 낀 바위에서 손 비비던 다람쥐 한 마리가 바 쁘게 지나간다. 나도 손 흔들어 인사한다. 귀엽고 예뻐 보고 있 는 내 의식도 아늑해진다. 새우 허리처럼 굽은 샛길이 올라올 때보다 폭신하다. 울긋불긋한 지난 계절에 느끼지 못한 아름다 움이 몸에 스민다. 더딘 걸음이지만 향긋한 숲길이 황홀하다.

길은 자욱한 숲 내음으로 쫄깃하고 간간하다. 서늘한 하늘을 이고 있는 나목들과 말을 주고받는다. 듣지 못하고 느끼지 못했 던 지난날을 꾸짖는다. 물, 바람, 자연 소리를 받아들이고 순리 를 사랑하면 자유롭다고 속삭인다. "사랑하면 알게 되고 알게 되면 보이나니, 그때 보이는 것은 전과 같지 않으리라."라는 정 조 때 유한준 님의 글을 되새긴다. 앞서고 뒤따르는 순서를 걱 정하지 않아도 맑은 몸과 마음이 숲길에 소리 없이 스민다.

달다!

놀이터가 바뀌었다. 산에서 물가로 옮겼다. 퇴직 후 오전 용두골 산행은 하루 중 가장 소중한 순간이다. 수십 년 동안 정들었던 장소로 한 주일에 대여섯 번은 오른다. 어느 사월 초순이었다. 코로나로 세상이 어수선했지만, 산은 늘 어제 같았다. 연둣빛 새잎들이 봄바람에 하늘거리고, 재잘대는 계곡에는 물소리가 정겨웠다. 등산 후 하산길이다. 산을 거의 내려왔을 즈음 갑자기 오른쪽 발바닥이 뜨끔했다. 걸음을 옮기기가 어려웠다.

족저근막염 진단이 나왔다. 엑스레이와 초음파검사 결과이다. 발바닥 끝부분의 뼈가 무리를 해서 튀어나왔다고 한다. 물리치료도 계속 받고 집에서 할 수 있는 자가 치료도 꾸준히 했다. 그동안 운동량이 너무 많았나? '별일 아니겠지. 며칠 치료하면 나을 거야.' 기대감은 시간이 지날수록 옅어졌다. 한두 주가 지나고 몇 달이 흘러도 차도가 없다. 운동을 안 하면 좋겠지만 사람이 움직이지 않고 어떻게 생활이 될까? 온갖 생각이 들었다. 잘 걷지 못하고 그토록 좋아하던 산에도 못 가니 정신이 함께 무너졌다. 눈앞에서 산 풍경이 아른거린다.

둘째 아이가 폭신한 슬리퍼를 사 왔다. 발이 탈 났다는 말을 듣고 고심하다가 구매한 체중을 분산해 주는 편한 신이다. 나쁜 일과 좋은 일은 골고루 오는 모양이다. 본인 걱정도 많지만, 아빠를 생각하는 마음이 기특하다. 가족이란 구성원의 고마움이다. 성격이 나를 많이 닮아 감성이 강하고 여리다. 공적인 장소에 갈 일이 별로 없기에 늘 슬리퍼를 신고 다닌다. 병원 의사들이 즐겨 신는다는, 실내서 발을 보호해 주는 신도 택배로 보내왔다. 혼자 떨어져 살기에 나는 자주 챙겨 주지도 못했는데, 아빠를 생각하는 정성에 가슴이 찡했다. 슬리퍼를 신을 때마다 따뜻한 마음이 전해온다.

어느 날 번쩍 생각이 떠올랐다. '산길은 힘들어도 평지는 무리가 가지 않을 거야.' 가까운 가창 저수지 길이 떠올랐다. 수년 전에 덱으로 둘레길을 만들었다. 이른 아침이지만 산책하는 사람이 많았다. 슬리퍼를 신고 천천히 걸었다. 하얀 아카시아 꽃향기가 물바람을 타고 흩날리고, 보랏빛 등나무꽃이 바닥을 수놓는 시간 꾸준히 찾았다. 산그림자가 대칭으로 물에 일렁이는 정경도 아름다웠고, 물새들이 물수제비뜨기도 하듯 뽀얀 물거품을 만들며 날아오르는 모습은 산책의 또 다른 즐거움이었다. 댐 입구의 능소화가 흐드러지게 필 무렵 또 발이 아파졌다. 걷는 것은 역시 무리일까?

산책로 끝부분에 두 개의 정자가 있다. 오래전에 지은 첫 번째 정자는 사람들이 잘 찾지 않는다. '그래! 꼭 걸어야만 하나. 운동을 바꿔보자.' 걷기보다 오래전 헬스장에서 배운 스트레칭을 하면 어떨까? 낡은 정자는 신을 신고 마구 올라오던 곳이라 지저분했다. 매일 청소하고 매트를 깔았다. 오래된 기둥에는 벌집 구멍이 여럿 있어 작은 벌들이 나고 들고 하였지만 크게 신경은 쓰지 않았다. 느긋이 앉아 고개를 들면 짙푸른 호수 위 흰 구름을 이고 서 있는 검푸른 산이 우뚝하다. 물가에는 살랑거리는 노란 달맞이꽃이 춤추는 곳이다. 전화위복이다. 예전에는 손바닥 한 면인 산만 찾았지만, 이제는 양면인 산과 물을 가진 놀이터를 갖게 되었다.

오늘도 정자에 올랐다. 간단한 스트레칭 후 팔자 좋게 누워 먼 숲을 바라본다. 흘러간 팝송 '이글스'의 〈호텔 캘리포니아〉를 시작으로 듣고 있으면 온 세상이 아늑해진다. 장마철 비구름이 산허리에 띠를 이룬 솜사탕 되어 짙어졌다가 옅어진다. 한참 느긋이 보고 있으면 마음은 중국 무협 소설 주인공이 되어 구름 속을 걷는다. 머릿속 어지럽던 증상도 잊는다. 눈부심도 귀 먹먹함도 발 아픔도 아득해진다. 걱정도 불안도 보이지 않는다. 펼쳐진 풍경과 경쾌한 음악 소리에 세상은 비안개 속에 잠겨버린다. 삶이 달콤하다. 문득 현장법사 전기에 나오는 안수정등岸樹井藤 이야기가 떠오른다.

안수정등 이야기는 사나운 코끼리에 쫓긴 한 나그네가 절벽 아래로 피하면서 우물로 뻗은 등나무 넝쿨을 잡고 허우적거린다. 다행히 코끼리의 위험은 피했지만, 옆에는 독사들이 우글거리고 우물 바닥에는 세 마리의 독룡이 혀를 내밀고 떨어지길 기다린다. 올라가면 코끼리에게, 떨어지면 독룡에게, 그냥 있으면 독사에게 잡아먹힐 지경이다. 설상가상으로 억지로 잡고 있던 등나무 넝쿨도 흰쥐와 검은 쥐가 교대로 갉아 먹는 절체절명의 위급한 상태다. 그때였다. 이마 위로 촉촉한 무엇이 떨어지는 것이 있었다. 떨어질 때 꿀벌의 집을 흔들어 꿀이 방울방울 떨어지는 것이다. 나그네는 그 꿀을 한 방울 한 방울 받아먹으면서 꿀맛에 도취하여, 곧 불행이 닥친다는 생각도 죽는다는 생각도 다 잊고 만다는 비유적인 이야기이다.

일제강점기 때 용성스님이 '만공' '보월' '혜봉' 등 제자들에게 이 안수정등 이야기를 가지고 물었다. "이 나그네가 어떻게 하면 벗어나서 생사 해탈을 할 수 있는가? 한마디로 말해 보아라."하니, "어젯밤 꿈속의 일이니라." "누가 언제 우물에 들었던가?" "부처가 다시 부처가 되지 못하느니라" 등의 답이 나왔다. 용성스님은 마침 그 자리에 없던 '전강'이라는 제자의 답이 궁금했다. 그 당시 전강은 엿판을 짊어지고 엿장수로 떠돌고 있었다. 한 사람이 스승의 질문을 가지고 전강을 찾아가서 물었다. 전강은 손에 든 엿장수 가위를 번쩍 들며 한 마디로 답한다.

"달다!"

어머니라는 나무

지금도 콧등이 찡하다. 그 겨울 밤 반쯤 열린 아파트 문에 기대어 손을 흔들며 아들을 배웅하시던 모습. 지팡이를 짚고 힘겹게 걸어가는 노인을 볼 때마다 희미하게 웃음 띤 당신의 얼굴이 아른거려 한참 동안 눈을 떼지 못한다.

꽃샘추위로 정원의 꽃들이 바들바들 떨던 날이다. 이른 새벽 어머니의 전화다. 잠이 덜 깬 채로 받는 전화는 늘 불안했다. 경험상 좋지 않은 소식일 확률이 높다. 역시나 어제 자정 무렵 베란다 문턱에 걸려 넘어지셨다. 어깨가 조금 아프니 파스와 진통제를 사 오란다. 눈앞이 캄캄했다. 말투는 부드럽지만 앓는 느낌의 목소리가 심상찮다. 정말 살짝 다쳤을까? 오죽 답답했으면 이 새벽에 전화할까?

예상대로였다. 슬쩍 넘어졌다지만 당신의 손가락은 부었고 한쪽 팔은 들기가 어렵다. 아니 이런 지경인데 파스 몇 장으로 치료하려니 화보다 눈물이 왈칵 쏟아진다. 이게 부모의 마음일까? 자식에게 걱정을 끼치지 않으려는 심정은 이해하지만 이건 아니다. 병원으로 가는 동안 내 불만이 쏟아졌다. 연골이 다 닳은 어깨치료는 수술 외에 방법이 없다는 의사의 설명에 가슴이 아려왔다. 설 떡국 두 번만 드시면 아흔이 아닌가. 나이가 많아 수술도 어렵다는 의사의 혼잣말은 날카로운 칼이 되어 귓전을 스친다.

연골주사와 진통제 도움으로 어머니의 팔은 시나브로 좋아졌다. 병원 가는 횟수가 줄어들수록 예전의 밝은 얼굴이 살아나 내 마음도 편해졌다. "너희들이 잘 해 주어서 빨리 낫고 있다."는 말에는 괜스레 죄송스러운 마음만 들었다. 맏이지만 직접 모시지도 않고 따로 살고 있다. 같이 살면 서로 불편하단다. 능력이 닿는 한 혼자 사는 것이 편하다는 당신의 말만 믿고 사는 내가 너무 이기적이지 않을까.

사십 년도 훌쩍 넘은 일이다. 감기약을 먹고 이불 속에서 땀을 내시던 아버지가 뇌졸중으로 쓰러졌다. 반신불수가 된 가장의 어깨 짐은 고스란히 어머니에게 옮겨갔다. 오 남매와 살아가려고 담 한쪽을 허물어 구멍가게를 열었다. 며칠마다 큰장에 가서 물건 구입하는 어머니를 내가 도와야 했다. 한번은 동네 아저씨에게 빌린 짐자전거에 장을 본 잡화와 사과 두 상자를 어렵게 싣고 페달을 밟았다. 아뿔싸! 짐이 너무 많았고 운전미숙에 비틀거리며 십여 미터 달리다가 그만 꽈당 넘어지고 말았다. 사방으로 굴러가 버린 사과들과 잡화. 신작로에서 황망히 함께 정리하던 어머니는 물건보다 아들 몸이 다치지 않았나 하며 망연자실한 나를 위로해 주셨다. 그때 어머니의 얼굴이 아직도 또렷하다.

두어 달이 지났다. 이른 아침 또 전화벨이 울린다. 어머니였다. 엊저녁부터 조금씩 아프던 팔이 이젠 꼼짝을 못 하겠다고 한다. 걸음도 지팡이 없이는 못 걷는데 팔까지 이 지경이라니. 조금 좋아지다가 다시 통증이 심해지니 실망이 크신 모양이다. "아파서 도저히 못 살겠다. 오늘 병원에 가면 한 달만 입원해야 겠다." 가슴이 철렁 내려앉는다. 새로 찍은 방사선 사진을 이리저리 돌려 보던 담당 의사가 작은 목소리로 설명을 한다. "할머니, 손가락은 거의 나았고요. 어깨 연골이 거의 다 닳아서 팔은 조금만 부딪쳐도 들기가 어렵습니다. 그래도 지금은 입원보다 통원치료가 나을 것 같은데요." 하지만 어머니의 뜻은 완강했다. 입원을 꼭 하겠다고 한다.

입원절차를 밟았다. 몇 가지 기본 검사를 하고 채혈도 했다. 2인실을 권해도 굳이 다인실을 고집했다. 돈은 걱정하지 말라고 해도 2인실은 부담된 모양이다. 잠시 후 간호사와 입원실 문을 열고 들어선 어머니의 낯빛이 확 바뀌었다. 대형병원이 아닌 다인 입원실 실상은 생각과는 너무 달랐다. 여기저기 앓는 소리를 내는 사람, 간병인의 도움 없이는 움직일 수 없는 사람들의 모습과 불쾌한 냄새에 얼굴이 찌푸려졌다. 아니었다. 당신이 생각하던 입원실 풍경이 아니었다. 어머니는 따스한 햇볕이 들어오고 환자들은 조용히 누워 책이나 TV를 보는 병실을 기대했었다.

"나 집에 갈란다." 환자 옷을 가져온 간호사에게 던진 말이다. 내 마음도 같았지만 번복한 결정에 미안함으로 어쩔 줄을 몰랐다. 담당 의사를 찾아가 입원취소를 어렵게 부탁했다. 노인의 마음을 이해한다는 표정으로 말없이 모니터만 바라본다. 대기실 의자에 앉아 눈을 감은 어머니는 돌부처 같다. "정말 집에 가도 괜찮겠습니까?"라고 묻는 내 말에 고개만 끄덕인다. 지금 당신의 착잡한 심신 고통을 내가 얼마나 알 수 있을까?

요양병원에 모시고 해가 훌쩍 넘었다. 억지로 지탱하던 척추뼈가 어긋나 부서지니 이젠 간병인 없이는 움직이지 못한다. 병실 안은 고요했다. 이따금 옆 치매환자의 중얼거림이 희미한 불빛 아래 흩어진다. 잠든 어머니의 모습에서 옛 기억들이 하나둘 살아나온다. 중풍에 걸린 남편과 오 남매를 키우기 위해 몸이 부서져라 애쓰시던 날들이 떠올라 눈가가 촉촉해진다. 평소에도 자주 찾아뵙지 못하고 전화로 "요즘 어떠세요? 많이 아파요?" 여쭈면 늘 "괜찮다."라고 하시던 어머니. 그때 좋은 병실에 입원해 드리지 못한 것이 너무 안타깝다.

소년을 위해 열매와 가지를 주고 마지막 남은 그루터기까지 아낌없이 주고도 행복한 삶을 살았다는 실버스타인의 동화 '아낌없이 주는 나무'가 당신의 얼굴과 겹쳐진다.

아름다운 외도外道

    완전 무장 해제다. 출입구에서 휴대폰과 신분증을 제출하고, 가방은 X-레이 검색대를 통과해야 소지할 수 있다. 육중한 철문이 열리자, L 계장님을 따라 다음 철문을 향해 걸어간다. 보안카드와 안면인식을 해야 통과할 수 있는 철문을 세 군데나 지나면 비로소 강의실이 보인다.

    퇴직하고 우여곡절이 많았다. 생각지도 않은 암 수술로 마음 고생도 심했지만, 하고 싶은 일도 이것저것 맛보던 중이었다. 늦잠도 푹 자고 등산도 하고 도서관 문화강좌도 기웃거렸고, 악기 연주에도 빠졌다. 3년쯤 지났을까? 타성에 젖은 일상에 싫증이 날 무렵 우연히 지금까지 이어지는 보람 있는 일을 소개받았다. 교도소 수감자들과의 한글 교육 만남이다. 완전히 문맹자는 아니지만 읽고 쓰기가 부족한 사람들이다. 대부분 60-70대로 그 당시 두메산골에 살아 학교에 다니지 못했거나, 다녔더라도 공부와 담을 쌓았기에 배우지 못하고 삶의 전선에 뛰어들었다고 한다.

늘어진 악기 줄 같은 날을 누리다가 수요일은 비상이다. 새벽 5시 40분 알람에 일어나 탱탱하게 하루의 줄을 조인다. 처음 시작할 땐 위치가 화원에 있었다. 그때는 교통이 좋았지만, 지금은 달성군 하빈면으로 옮겨 거리가 멀다. 내가 사는 시지와는 동쪽 끝과 서쪽 끝이다. 지하철을 타고 종점인 문양역까지 가서, 다시 버스를 갈아탄다. 가는 데 2시간, 강의 마치고 돌아오는 데 2시간 걸리기에 전체는 6시간 소요된다. 강의 시간은 2시간이지만 경주 정도 다녀오는 거리이다. 옮기고 나서 계속할까 말까 많이 망설이기도 했다.

수강자 실력은 읽기는 어느 정도 가능하나 쓰기는 바닥 수준이다. 정식 교육을 받지 못했기에 글을 소리 나는 대로 쓰기도 하고, 겹받침이 있는 말은 무척 어려워한다. "돈이나 좋은 물건은 남의 도움으로 해결할 수가 있지만, 지식이나 공부는 남이 해 줄 수가 없습니다. 오직 내 힘으로 노력해야 얻을 수가 있습니다." 지식이나 언어는 스스로 알지 못하면 아무 소용이 없다는 점을 강조하면서 수업을 연다. 글을 몰라서 받은 불이익과 업신여김을 평생토록 겪고 살아왔기에 마음은 더 절실했다. 그들의 마음을 헤아리며 조금씩 진도를 나간다. 왜 글을 배워야 하는지를 명확히 알고 있기에, 수업 시간 눈빛은 누구보다 초롱초롱하다. 문맹자를 위한 평생교육원 교재로 차근차근 설명하고 진도를 나간다. 자존심이 강하고 눈치는 최고수들이다. 수감자 그들만의 법칙이 존재한다.

한 학기가 끝나면 간단한 다과회를 가진다. 짧은 대화 속에 애환 많은 사연도 접하게 되었다. "선생님, 저는 글을 꼭 배우고 싶었지만 거리가 멀어 학교를 가지 못했어요." "우리 부모님은 공부보다 일만 시켰어요." "산골에서 나무하고 밭일한다고 시간만 보냈지요." "너무 가난해서 어릴 적에 서울로 도망가서 생활하다가 글을 못 깨쳤어요." 강습자마다 사연이 절절하다. 환갑을 지나 허연 머리를 한 아이들의 고자질 같다. 한국전쟁 전후에 태어난 분들이 아닌가. 그 시절은 문맹률도 높았고 우리나라가 고도성장 하기 전이기에 산골의 삶은 무척 어려웠다. 글을 잘 몰랐고 어린 나이에 생업에 나섰기에 사람 대접도 받지 못했단다. 사기를 당하기도 하고, 좋지 않은 일에 연관되어 큰집 생활을 하게 되었다고 한다.

힌두교에는 '아쉬라마' 라고 네 주기로 인생을 말한다. '학습기學習基' '가주기家住期' '임서기林棲期' '유행기遊行期'로 나누어져 있다. 그중 가장 중요한 첫 시기인 '학습기'를 잘못 보낸 사람들이다. 어린 시절과 청년기인 이 시기는 부모의 보살핌과 교육을 받으며 성장하는 시기다. 첫 단추가 잘못 끼워졌기에 다음 단계인 직업을 가지고 가족을 부양하며 사회생활을 하는 '가주기'도 원만하게 연결되지 못한 모양이다. 안타까움으로 차분히 얼굴을 살펴보았다. 이곳에서 평생을 지내야 할 사람도 있고, 짧게는 수년, 길게는 수십 년을 수감생활을 하는 사람들이다.

지은 죄목은 알 수 없지만 마음 한편으로는 짠하다. 용서할 수 없이 지은 죄는 자신의 몫이지만 환경의 탓도 크다.

　어제는 흘러갔고 내일은 또 다가온다. 우리는 항상 미래를 바라보고 살아야 한다. 지금 여기가 가장 중요하다. 몇 가지라도 확실하게 가르치려고 온 정성을 쏟는다. 글공부는 눈으로 보고 입으로 읽고 손으로 쓰면서 익힌다는 노하우를 누누이 강조한다. 우연히 접한 퇴소 후의 소망이 소박하다. 작은 섬 바닷가에서 낚시나 하며 살고 싶은 분도 있고, 편안하게 여행을 한번 하고 싶다는 꿈도 얘기한다. 입가에 잔잔한 웃음을 지으며 말하는 모습이 짠하다. 꿈이다. 아름다운 내일에 대한 꿈이다. 더욱 배움이 절실하다. 그들에게 남은 삶에 조금이라도 도움이 될 수 있도록 열성을 쏟는다. 열정이 강할수록 내 마음도 숙연해진다. 가르침을 통해 다시 나를 돌아보고 그들을 통해 내 존재를 확인한다.

　중국 고전 『예기』에 '교학상장敎學相長'이라는 말이 있다. 오늘도 배우고 봉사하면서 나를 단단히 엮어간다. 아름다운 외도를 통해서.

해 질 녘 연밭에서

숨이 턱 막힌다. 아름다움과 아늑함의 최고가 이와 같을까? 넓게 펼쳐진 연밭에서 받은 첫인상이다. 예닐곱 살 아이가 팔을 벌린 만큼 큰 연잎들이 셀 수 없이 누워있는 유호원지! 새파란 개구리밥들이 벚꽃잎처럼 물에 떠 있고, 연분홍으로 쏙 내민 꽃봉오리들이 하늘바라기를 한다. 사춘기 소녀의 가슴처럼 봉긋한 봉오리에 바람이 앉았다가 일어선다.

해거름에, 약속한 친구와 동행이다. 보름 전에 갔더니 봉오리들이 막 눈을 비비고 있었다. 드문드문 날개를 활짝 편 꽃들도 보였지만 아직은 개화를 위한 숨 고르기 중이었다. 그때 찍은 사진을 본 친구가 감탄해서 오늘 같이 가기로 한 것이다. 저녁 7시가 넘었지만 싸라기 같은 햇빛이 시골길을 넉넉하게 밝혀 준다. 말라가는 풀냄새만 차창으로 솔솔 들어와 농촌의 맛을 느끼게 한다.

천천히 못 둑에 들어섰다. 해 질 녘 연밭에서 밀려오는 향기를 맡은 적이 있는가? 향긋한 꽃과 투명한 물이 뒤섞인 냄새가 아찔하다. 입속에는 고향 어머니가 삭혀 주신 콩잎의 간간함을 느낀다. 반짝이며 때로는 속삭이듯 연잎들이 바람에 몸을 흔든다. 우뚝한 꽃대 위엔 분홍 한복으로 곱게 치장하고 부채를 흔드는 여인 같은 연꽃이 몸을 흔든다. 또르르 흐를 듯 물방울이 조금 담긴 잎, 좌우로 이미 말려들어가 고개 숙인 잎, 하늘 향해 온몸을 활짝 펼친 잎들이 우리를 반긴다.

"야. 저기 저 꽃 좀 봐."

"정말 환상적이네. 진흙 속에서 저렇게 아름다운 꽃을 뽑아내다니 대단해."

"꽃말이 '순결' '청순한 마음'이라더니 참 잘 어울리네."

"티끌 하나 없이 맑고 부드러우니 무슨 말이 필요할까?"

주고받는 이야기를 듣는 듯 가까운 꽃의 꽃잎이 파르르 떨린다. 바람의 힘일까? 말을 듣고 화답하는 줄로 착각한다. 몇 달 전 나무로 새로 만든 못 둑 위의 산책로에는 꽃들이 손에 잡힐 듯하다.

"저렇게 아름다운 꽃을 보고 있으면 마음이 편안해져. 어찌 보면 우리의 삶도 저 꽃처럼 살다가 가는 순간이 아닐까도 생각돼. 절정의 순간에서 한 걸음 내밀면 영원으로 사라지는…."

그가 몇 년 전에 타계한 친구 얘기를 하다가 깊은 생각에 잠긴다. 촉망받는 전문직으로 누구보다 치열한 삶을 살던 친구가 수술후유증으로 요절한 사연을 들려준다.

"그 사건 이후 산다는 것에 대한 회의가 많이 들었어. 어떻게 살아가는 것이 잘 사는 것인지? 운명은 정말 정해져 있는 것일까? 하고 싶은 일을 하고 사는 사람이 얼마나 될까? 나는 지금 같은 생활의 반복에 지치고 있어."

나직이 말하는 그의 눈에 이슬이 살짝 비치는 듯하다. "하지만 넌 지금 최선의 삶을 살고 있잖아. 얼마간의 사회적 지위와 명성 그리고 부도 차지하고 있는 지금이 가장 좋은 것 같은데."

"글쎄? 그럴까?"

어둠이 느릿느릿 깔린다. 마침, 건너편 멀리 떨어진 집에서 뭉클뭉클 연기가 오른다. 어린 시절이 떠오른다. 초등학생 때 여름 방학이면 시골에 있는 외가에 가곤 했다. 삶은 감자나 옥수수로 저녁을 때우고, 마당에 깔린 멍석에 누워 있으면 옆에 피워놓은 모깃불의 매캐한 연기가 지금처럼 솟아 올랐다. 그리운 외할머니와 외할아버지 얼굴이 지나간다. 지나간 추억은 모두 아름답고 그리운 모양이다. 문득 하늘을 쳐다보았다. 초롱초롱한 별이 드문드문 내려다본다.

"아름답네. 시골에서 별을 보니 더 많고 또렷해."

"여긴 유난히 별이 잘 보이네. 요샌 시골에도 주변의 불빛이 없는 곳이 별로 없어서 옛날처럼 별도 많이 볼 수 없을 거야."

"그래, 다 지나간 날이 그립지."

도란도란 얘기 속에 못 둑을 한 바퀴 돌았다. 가로등이 밝은 곳으로 접어들었다. 도로 옆의 불빛에 비친 연밭은 아까와는 또 다른 새로움을 연출한다. 꽃마다 허연 달빛을 부어 놓은 듯 은은하면서도 고운 자태에서 산골 소녀의 청순한 얼굴이 겹친다. 함께 걷는 친구의 뺨에도 꽃봉오리의 맑은 빛이 물든다. 어둠 속에서 비치는 빛은 진흙 속에서 피워 올린 연꽃과도 같이 깨끗하고 담담하다. 사랑스럽다. 꼭 안고 싶다. 저 꽃봉오리처럼 지금 순간이 내 삶의 절정이 아닐까?

천천히 둑길을 걷는 등 뒤에는 별빛만 소리 없이 쌓인다.

배움, 그리고 베풂의 향기

온 누리가 파릇파릇하다. 꽃 진 자리마다 새잎이 간질거리며 돋아난다. 퇴직하고 매화가 피고 진 계절이 다섯 번 지났다. 흔히 말하는 백수 5년 차. 지금 나는 새로운 세상을 탐험하며 살아가는 은퇴 후의 초보 여행자이다. 아침마다 새롭게 눈을 뜨고, 배우고 가르치는 즐거움에 푹 빠져 행복한 하루를 보낸다.

젊은 날 언젠가, 퇴직 후 내 삶을 그려보았다. 몸은 편안하지만, 정신은 낡은 현실이 떠올랐다. 어둠 속 동굴에서 나오고 싶었다. 지금부터라도 준비하지 않으면 인생 이 막은 얼마나 초라할까? 내 정신을 살찌울 활동을 탐색했다. 일상은 언제나 긍정보다 부정적인 일이 많았다. 생활인이 되기 위해서는 생업에 몰입이 우선이었다. 타성에 젖은 일상은 활기가 없다. 누구나 똑같이 보이지만 비슷한 하루가 싫었다. 의미 있는 곳을 찾아 열정을 쏟을 일이 필요했다. 별것 아닌 것 같았지만 배움이 쉽지는 않았다. 이곳저곳 기웃거리다 돌부리에 걸려 넘어지기도 했고, 즐거움과 보람으로 혼자 미소 짓는 날도 있었다. 서예 같은 정적인 활동과 테니스 같은 동적인 운동을 넘나들었다. 하나같이 삶에 필요하지 않은 것은 없었다. 문제는 욕심이었다. 버리지 않으면 얻을 수 없다는 단순한 진리를 늘 잊어먹었다. 종착점은 전공과 관련된 문학 공부에 발을 담갔다. 깊이 들어갈수록 어려움과 재미가 교차하였다. 이론과 실기를 접목하기가 쉽지는 않았다. 시간이 쌓이니 어느새 조금씩 앞서가고 있었다. 함께한 세월이 정년을 바라보고 있었다.

숨 가쁘게 달려온 일 막이 끝날 즈음, 먼저 퇴직한 동료 교사와도 이따금 만나 인생 이 막을 위한 정보도 교환했다. 정신과 육체를 단련시킬 일이 필요했고 사회에 보람 있는 봉사 활동도 계획했다. 배움에는 정년이 없다고 하지 않았던가? '아는 것은 좋아하는 것만 못하고, 좋아하는 것은 즐기는 것만 못하다.' 라는 말을 금언으로 삼았다. 그렇다. 즐기리라. 이제 남은 삶에서는 이런 일만 하고 살아가리라 다짐했다.

호사다마好事多魔라 했던가? 퇴직을 보름 앞둔 날이었다. 알 수 없는 무기력함에 늘 몸이 가라앉았다. 평생 조직 속에서 움직이던 몸이 시나브로 엇박자를 내기 시작한 모양이다. 종합검진 중 경동맥 검사를 하다가 우연히 목 주위에서 이상 징후를 발견했다. 악성종양이다. 암으로 판정되었다. 다행히 수술 후 경과가 좋아 제자리를 잡았지만, 심신은 예전과 같지 않아 종일 멍하게 하루를 보내기도 했다.

　이 위기에 배움이 나를 일으켜 세웠다. 새로운 것을 배우고 싶었다. 문화센터의 하모니카 강습은 삶의 참신한 활력소였다. 중급반에 올라가면서 동아리 모임을 만들어 요양병원을 돌며 봉사 활동도 추진하였다. 또 다른 배움은 없을까? 학창 시절부터 좋아하던 탁구동호회에 가입했다. 실력이 아마추어 수준이었기에 강습을 받으며 시작했다. 시간이 지나 내공이 쌓이니 경기의 참맛을 알게 되었다. 매달 유명 탁구장에서 열리는 '리그전'을 찾아다니면서 고수들과의 경기에서 많은 것을 배우는 즐거움도 맛봤다. '학이시습지 불역열호學而時習之 不亦說乎아!' 비록 학문은 아니지만, 퇴직 후 인생 이 막의 출발에서 배우는 모든 것이 다 학문의 영역에 들지 않을까 생각했다.

　배움의 즐거움에다 베풂의 보람도 찾았다. 요즘은 '10만 저자설'이란 말이 회자膾炙될 정도로 중년 이후 글쓰기 공부에 많이 참여한다. 사춘기를 회상하면 문학소년 소녀의 꿈이 없던 사람은 얼마나 될까? 누구나 자신의 삶을 돌아보고 정리해 자서전 한 권을 남기려는 희망을 품고 살아간다. 나는 한 글쓰기 단체에서 그들에게 글쓰기를 가르치는 강의를 맡고 있다. 첫 수업 시간은 늘 이런 말로 시작을 한다. "여러분은 인생 로또에 당첨되셨습니다. 정말 탁월한 선택을 하셨습니다. 미래의 병은 육체보다 정신적인 문제가 많습니다. 그것을 치유하는 가장 좋은 방법의 하나가 글쓰기입니다." 그리고 서정시 한편을 암송하면서 글쓰기 수업을 펼친다. 지금까지 350여 명 이상의 성인들이 강의를 듣고 글쓰기에 꿈을 싣고 살아간다. 매주 화요일 저녁에는 '심화 토론반'이란 소모임을 만들어 지도 봉사 활동을 하고 있다. 이 또한 재능기부라는 멋진 소확행을 실천하는 즐겁고 의미 있는 작업이 아닌가!

이 년 전에 우연한 기회로 시작한 인생에서 가장 기쁘고 보람 있는 일이 또 하나 있다. '한글 강습'이다. 그것도 수인 생활하는 분들을 위한 교도소에서의 수업이다. 그들의 평균 연령은 60세 전후이다. 저마다 어린 시절 말 못 할 상처를 가졌기에 학교에 다니지 못한 사람들이다. 매주 월요일 오전, 그들과의 수업에서 나는 이십 대 청년이 된다. 사범대학을 갓 졸업할 당시의 폭풍 같은 열정을 가지고 모든 것을 전해 주려고 노력한다. 한글만이 아니라 조금 더 발전해 한자, 수학 공식, 영어의 기초까지 정열적으로 차근차근 강의한다. "선생님! 일주일 내내 오늘 이 시간만 기다립니다." 얼마나 답답하고 절실했을까? 가슴이 뭉클하다. 그들에게 새로운 영혼을 일깨우는 수업이다. 기울어 가는 내 삶에서 이토록 혼신을 바쳐 교감하고 봉사하는 뜻깊은 일이 얼마나 있을까?

나는 '교학敎學에는 정년停年이 없다.'라는 말을 좋아한다. 언제나 배움은 나를 새로운 세계로 이끌었고, 베풂은 모두를 빛나게 하였다. 저물어 가는 삶의 강가에서 내일은 아름답고 참된 배움과 베풂의 날만 이어지길 소망해 본다.

시방 새벽 2시

지금 시각, 새벽 2시다. 거의 한 시간 반이나 이준이가 울음을 멈추지 않는다.

어제 오후다. 아들 내외가 힘이 든다고 둘째 손자를 아내가 어린이집에서 하원하기로 했다. 유치원생인 첫째 손자만 아들에게 하원을 맡겼다. 하원 시간에 맞춰 푸른 그늘이 숨 쉬는 어린이집 문을 두드리니 쌩긋 웃으며 할머니를 반긴다. 사실 둘째 이준이는 엄마보다 더 할머니를 따르는 것 같아 내심 기분이 뿌듯했다. 첫째 손자 우주는 유치원 수업은 마쳤지만 언제나 밖에서 한 시간 남짓 뛰어놀다가 집에 들어온다. 외향적이고 적극적인 남자아이라 늘 활발히 노는 것에 굶주려 있는 느낌이다. 손자들이 집에 오니 거실은 다시 전쟁터가 된다. 사내아이 둘이라 잠시 가만히 있질 않는다. 소파에서 뛰어내리기, 공 던지기, 술래잡기, 말타기 등 좁은 실내 활동은 언제나 북적거리고 다칠까 조바심이다.

며느리가 퇴근했다. 이제 우린 집에 갈 시간이다. 주섬주섬 옷을 챙기는 할머니를 보고 둘째 이준이가 치마를 잡고 착 달라붙는다. 할머니와 헤어지기 싫은 모양이다. "그럼, 이준이 할머니 집에 갈래?" 할머니의 물음에 고개를 끄덕이며 "응." 한다. 한쪽에 있는 포대기를 가리키며 빨리 업어달라고 채근한다. "정말 오늘 할머니 집에 가서 잘까?" 이번에도 "응." 하며 바싹 붙어 떨어지질 않는다. 엄마가 퇴근하면 곧 할머니가 집에 간다는 것은 아는 눈치다. 두 돌도 채 안 되고, 아직 말도 어눌하지만, 상황 파악은 번개다. 엄마한테서 떨어져도 괜찮다는 표정이다.

할머니 집과는 걸어서 20분 남짓 거리다. 아들의 승용차로 집에 들어선 이준이는 빙긋 웃으며 제집인 듯 얼굴에 꽃이 핀다. 여기서는 모든 것이 이준이 독차지다. 제 집처럼 서로 차지하려고 형과 다툼이 없기에 더 좋은 모양이다. 장난감 차를 줄 세워놓고 혼자서 재미있게 중얼거린다. 정확한 발음은 안 되지만 소리를 내어 가면서 하는 짓이 아기 천사다. 손자 돌보는 재미가 이런 것일까? 석양의 내 삶에서 가장 행복한 순간이다. 일상에서 힘들지만 자잘하게 누리며 얻는 기쁨. 소확행이다. 흐뭇한 마음에 조용히 지켜보며 같이 놀아준다.

하오 8시 30분. 이준이 잠잘 시간이다. 자기 집에서도 늘 이시간에 잠을 잔다. 할아버지가 함께 자면 방해 되지 싶어 나는 뒷방으로 침구를 옮겼다. 습관대로 컴퓨터 유튜브에 백색소음 '물 흐르는 소리'를 틀어놓고 잠을 재운다. 처음에는 잠시 잘

자는 듯하더니 잠자리가 바뀐 것을 아는지 계속 뒤척이며 깊이 잠을 이루지 못한다. 네 시간 남짓 흘렀을까? 갑자기 아기 울음소리가 아파트를 흔들어 댄다. 선잠을 잤는지 다독여도 계속 칭얼거린다. 조심조심 재우려고 하나 계속 울어댄다. 잠시 자는 듯하더니 또 깨어 운다. 땀이 바짝바짝 난다. 아뿔싸. "엄마, 엄마." 이젠 엄마까지 찾는다.

막무가내로 울어대니 대책이 없다. 안고 얼러도 소용없다. "지금 엄마한테 갈까?" "응." 계속 달래다가 묻는 할머니의 물음에 대답이 선명하다. 손자는 자다가 깨 보니 곁에 엄마가 없어서 당황한 모양이다. "정말, 지금 엄마한테 갈까?" "응." 시계를 보니 새벽 2시다. 할 수 없었다. 머리맡에 치워둔 포대기에 다시 둘러맸다. 근데 내려가는 엘리베이터에서 업힌 손자의 얼굴을 빤히 보니 생긋이 웃고 있지 않은가? '아이고, 뭐 이런 여우 같은 놈이 있나?' '정말 자기 집에 가고 싶은가?' 혼란한 마음을 진정시키며 지하 주차장으로 갔다.

아들 집 주차장에서 한동안 기다려도 아내는 쉽게 내려오지 않았다. 잠시 들어가서 손자만 내려놓고 오면 될 터인데 왜 이렇게 안 올까? "아이고, 고놈. 참." 한참 만에 내려온 아내의 첫 말이었다. 왜 이렇게 늦었냐고 묻는 내 말에 대답이 황당하다. 글쎄 손자가 또 할머니에게 떨어지지 않았다는 것이다. 집에 들어가 엄마를 보고 생긋이 웃고 좋아하더니, 가려고 하니 또 할머니 치마를 잡았다. "다시 할머니 집에 갈까?" "응." 뭐 이런 놈이 있나? 황급히 혼자 내려왔단다.

돌아오는 차 안에서 '마음'이란 말을 곰곰 생각해 보았다. 손자의 본마음은 무엇일까? 아기의 마음은 가장 단순하고 순수하다. 조금도 때가 묻지 않고 본능에 충실한 것이 아기의 마음이다. 엄마를 향한 아이의 마음은 무엇과도 바꿀 수가 없다. 아기에게서 엄마는 절대적이고 지고지순하다. 이준이도 할머니가 좋아 할머니 집에 가서 자고 싶었지만, 깨어보니 엄마가 보이지 않았다. 본능적으로 두려웠을 것이다. 비록 딴 곳에 있더라고 늘 엄마는 마음속에 같이 존재한다. 자기 눈으로 확인하고 나서야 비로소 평정한 마음을 가질 수 있는 모양이다.

오늘 오후에도 손자 이준이를 돌보기로 했다. 거실의 시계를 보며, 어린이집 하원시간을 기다린다. 아들을 키울 때는 느끼지 못했던 기쁨의 시간이다. 익어가는 내 몸은 무거워도 마음은 깃털처럼 가볍다. 요즘은 시키는 말마다 '싫어!'를 외치는 손자가 더 사랑스럽다. 이는 자아 표현의 호불호가 생겼다는 심리학의 뜻이다. 지금 탁자 위에 놓인 커피 한 잔에서 느끼는 향기가 이준이의 얼굴과 겹쳐지면서 나는 행복해진다. 새봄이 남녘에서 꽃과 함께 걸어오는 모양이다.

담과 벽

　　　　　　　　　　　'콰르릉, 쾅 쾅' 휴일 아침부터 천둥소리
와 함께 장대비가 요란하다. 멍한 표정으로 책상 앞에 앉아있던
내 눈에 확 들어오는 것이 있었다. 책장 맨 아래 칸에 꽂혀있는
파란 표지의 책. 굵은 글씨의 제목이 요즘 내 마음 같아 책을 뽑
아들었다. 『상실의 시대』였다. 창밖의 빗줄기가 더욱 사나워졌
고 불현듯 십여 년 전의 일이 떠올랐다.

　무라카미 하루키를 만난 것은 순전히 그녀 때문이었다. 시를
좋아하는 나와, 소설을 좋아하는 그녀는 서로의 관점은 달랐지
만, 일상의 삶에서 문학을 사랑한다는 점은 비슷했다. 첫 모임
에서 그녀가 내 앞에 앉았기에 인연의 끈이 강하게 맺어진 듯하
다. 한번 만나면 오래 막혔던 물꼬가 터진 듯 대화는 이어졌다.
인적이 드문 외딴 섬에서 모처럼 어릴 적 친구를 만난 사람처럼
풀어놓은 얘기는 훌쩍 두세 시간을 넘기곤 했다.

　한 해가 가기 전 크리스마스를 며칠 앞둔 날이었다. 밝고 산

뜻한 분홍 스카프를 매고 나타난 그녀는 도톰한 물건을 손에 들고 있었다. 전과 같이 한 잔의 커피로 자잘한 일상을 얘기하고 있다가 불쑥 내민 아담한 꾸러미. 잡화와 함께 예쁘게 포장한 무라카미 하루키의 『상실의 시대』라는 소설집이었다.

그월 첫째 주 화요일. 경양식점 르네상스의 초저녁은 단란한 가족 손님 몇 팀과 차를 마시는 대여섯 사람만 있을 뿐 고즈넉했다. 맑은 공기와 울창한 숲으로 감싼 앞산 순환도로 중간에 자리해 직장 동료와 서너 번 찾은 곳이다. 르네상스 시대의 아름다움을 느끼게 하는 장식이 상호 이름과 걸맞아 중세의 유럽 분위기에 취할 수 있는 음식점이다. 우리는 즐겨 마시는 카푸치노 커피를 시켜놓고 차가 나올 동안 잠시 말이 없었다.

최근 읽은 소설과 카페에 올라온 시를 얘기하면서 대화의 매듭을 풀었다. 그러다가 『상실의 시대』에 대한 얘기로 들어갔다. 처음 이 소설을 읽고 내 머릿속에는 상당한 혼란이 일어났었다. 이제까지 생각하던 남녀의 관계와 이웃 섬나라의 개방적인 성 문화에 대해서는 큰 충격이었다. 주인공 나오코의 죽음을 통해 어떤 진리도 사랑하는 사람을 잃은 슬픔을 치유하지 못한다는 얘기에 초점을 맞추었다. 세상의 그 어떠한 것도 이 슬픔을 치유할 수 없다는 작가의 얘기를 주된 화제로 삼았다.

"그럼, 왜 우리는 살아가면서 사랑을 하게 될까요?"

조심스러운 그녀의 물음에 나는 한참 대답을 하지 못했다. 그저 그녀의 까만 눈동자 속에 보일 듯 말 듯 글썽거리는 이슬만 살짝 훔쳐보았다.

'우리는 그 슬픔을 실컷 슬퍼한 끝에 거기서 무엇인가를 배우는 길밖에 없으며, 그리고 그렇게 배운 무엇도 다음에 닥쳐오는 예기치 않은 슬픔에는 아무런 도움이 되지 못하는 것이다.'라는 작자의 감정 고백에서 그 답을 생각해 보았다.

"네, 그렇지요. 사람을 사랑하는 진정한 의미는….."

"여기서는 결국 사람이 살아 있고, 살아간다는 의미가 답이 아닐까요?"

"그 살아있다는 것은 죽음까지도 포함하는 미완성이지요."

"외로운 젊은 날의 사랑과 방황과 좌절, 그리고 죽음으로 연결되는 운명론적인 의미라고 볼 수도 있지요."

"결국, 고독해질수록 사랑하게 되고, 그리고 마침내 혼자가 되는 것입니다."

가만히 고개를 숙인 그녀는 손가락만 만지작거릴 뿐이었다.

갑자기 창밖이 소란스러워진다. 비가 오는 모양이다. 미처 우산을 챙기지 못한 사람들이 옷에 젖은 빗물을 털면서 상기된 얼굴로 들어온다. 유난히 따뜻한 겨울이라 큰 추위를 느끼지 못했지만, 2월의 밤비는 사람의 가슴을 더욱 허전하게 한다. 사이버 문학 카페에서의 만남이 이렇게까지 이어질 줄은 그녀도 나도 생각조차 못 했다. 아마 그녀가 다른 먼 도시에 살고 있었으면 불가능한 일이었으리라. '인간은 누구나 외로운 존재이다. 누구도 그 외로움을 선택할 자유도 배척할 자유도 없다. 그저 외롭지 않은 척 행동할 따름이다.' 라는 어느 문필가의 말로 오늘을 설명한다면 비겁한 변명일까? 본능을 속인다는 것은 더욱 외로움에 빠지는 것이 된다고 믿기에.

르네상스 밖을 나오니 비가 더 세차게 쏟아진다. 잠시 기다리게 하고 급히 승용차에서 우산을 가져왔다. 좁은 우산 속은 두 사람이 비를 긋기에 부족하다. 자연스레 바투 붙어 걷는 그녀의 검은 머릿결에서 아찔한 향기가 풍긴다. 그때였다.

"K 님! 잠시 걸으면 안 될까요?"

비가 조금 잦아들었지만, 각각 한쪽은 비에 젖어 옷이 흥건했다. 그녀의 젖은 머리가 볼에 바짝 달라붙는다. 『소나기』 소설의 주인공이 된 기분이다. 들뜬 마음은 탱탱한 애드벌룬이 되었다. 함께 우산을 쓰고, 겉으로는 『상실의 시대』의 주인공인 와타나베와 나오코, 그리고 미도리의 삼각관계를 이야기하며 걸었다. 하지만 속으로는 팔만 뻗치면 넘어갈 듯한 담과 절대로 넘어서는 안 될 벽이 아득하게 펼쳐질 뿐 건널 수 없는 도도한 강물만 바라보고 있는 심정이었다.

어느새 비는 그치고 하늘은 먹구름만 짙은 어둠을 지키고 있었다. 비가 온 탓에 승용차 차창은 성에로 가득하다. 운무 속에 우주공간을 유영하듯 천천히 목적지로 운전했다. 그녀의 아파트가 가까워지자 알 수 없는 아쉬움이 밀려든다. 짧은 만남 뒤에는 숨은 욕망과 회한만 가득하다. 내 안에서는 지킬 박사와 하이드 씨가 끝없는 싸움을 한다.

"즐거웠어요. K 님. '낭문방' [1]에서 만나요. 좋은 날 보내세요."

다시 벽 속으로 사라진 그녀를 어둠 속에서 한참 지켜보고 있었다.

'사랑한다는 것은 상실 그 외로움 쓸쓸함 속으로 들어가는 것이며, 그 외로움 쓸쓸함과 하나가 되는 것이다.' 우연히 펼친 책 아래쪽에 선명하게 밑줄 친 문장이 또렷하게 머릿속에 들어앉는다.

1) 낭문방: 사이버 문학토론 카페 이름.

2부

청산靑山은 나를 보고

뛰지 말고 걸어라

즐겁다. 나도 모르게 콧노래가 흐른다. 밤 열 시쯤 되었을까? 신천 둔치 산책길은 잿빛 연무에 젖어 평온하다. 허연 머리를 풀어 헤친 갈대들이 선선한 바람에 허리를 굽힌다. 파동 IC 앞 둔치 길은 가로등 불빛이 대낮 같다. 휴대용 녹음기에서 흐르는 경쾌한 음악 따라 마음이 사뿐사뿐 스텝을 밟는다.

추억의 팝송 몇 곡 다음에 멋진 경음악이 이어진다. 나도 모르게 얼굴은 하회탈이 되어 어깨를 들썩인다. '벤처스 악단'의 전자 기타 음악이다. 첫 곡은 〈마이 블루 헤븐〉. '~딴 따다 단 딴 따다다다 따다 단 딴~' 캄캄한 밤하늘에서 별빛이 내려오는 듯 가슴이 환해진다. 〈파이프라인〉〈쟝고〉〈상하이드〉 등 트위스트 곡이 줄줄이 연주되면 영혼은 어느새 꿈속을 거니는 듯하다.

벤처스 악단! 이름만 떠올려도 가슴이 울렁거리는 밴드가 아닌가. 비틀스와 함께 60, 70년대 세계의 팝을 완전히 덮어 버린 악단이다. 언제 어디서 들어도 온몸이 감전된 듯 짜릿함을 주는 전자 기타의 매력. 그 속에서 함께한 젊은 시절의 꿈과 사랑을 떠올리게 한 악단. 당시 〈워싱턴 포스트〉 지는 "신이 내린 금세기 최고의 악단", 〈뉴욕 타임스〉에서는 "지구인 역사상 가장 훌륭한 밴드"라고 극찬한 연주 그룹이다.

벤처스 악단의 연주와 첫 인연을 맺은 것은 1969년 늦가을이다. 고등학생이던 나는 주말에 친구들과 팔공산 등산을 갔다. H 대학교에 다니는 친구의 누나와 그녀 친구 몇 명도 함께했다. 생전 처음으로 가는 1박 2일 등산이라 무엇을 준비해야 하는지도 잘 몰랐다. 산속의 야영은 기대했던 낭만보다 불편이 더 컸다. 좁은 텐트 안에서 작은 모포 한 장으로 밤새 추위에 뒤척였다. 새벽에 설핏 잠들었다가 경쾌한 음악 소리에 잠이 깼다. 계곡에서 피어오른 물안개가 짙푸른 소나무의 허리를 안고 정적이 온 산을 감싸는 시간이었다. 한 누나가 가져온 야외전축에서 흘러나왔다. 그때 내 귀에 파고든 곡이 〈마이 블루 헤븐〉이었다. 고요한 산속, 새벽 햇살도 아직 스며들지 않은 숲속에 저렇게 맑고 흥겨운 음악이 흐르다니. 한참 동안 온몸이 짜르르 떨렸다.

불빛에 펼쳐진 산책길은 느릿하게 이어진다. 〈샌프란시스코〉에 이어 〈엘 콘도 파샤〉가 허공을 가른다. 길모퉁이 아무도 없는 벤치에 앉았다. 울렁이던 가슴이 잠시 진정된다. 음악 속에서 남아메리카의 콘도르가 머리 위를 맴도는 게 연상된다. 갑자기 저쪽 물가에 있던 백로 한 마리가 날아오른다. "끼욱, 끼욱." 유유히 날갯짓하며 건너편 하늘을 가로지른다. 내가 백로이고 백로가 내가 아닐까 하는 착각이 든다. 문득 돌아보니 사방은 고요하다. 풀벌레 소리도 없다. 무생물의 세상이다. 갑자기 홀로 무인도에 버려진 듯 적막감에 싸인다. 두려워진다. 내 삶을 돌아보게 되고 죽음이 생각난다. 죽음에도 법칙이 있을까? 죽음과 삶은 동전의 양면과 같지 않을까?

"자연이 생에 부여한 단 하나의 법칙이 바로 죽음이다."라고 한 미국의 소설가 잭 런던의 말이 떠오른다.[1] 죽음이란 삶과 대비되는 말이다. 죽음을 두려워하는 것은 삶을 치열하게 살지 않았다는 것이다. 차분하게 오늘을 잘 보내는 것이 편안한 죽음을 맞이하는 최선의 방법이라고 한다. 곰곰 생각하면 죽음은 삶 속에서 찾을 수 있다. 좋은 삶을 산 사람이 좋은 죽음을 맞이하지 않을까. 최근에는 '웰 빙(잘 사는 법)'이란 말과 '웰 다잉(잘 죽는 법)'이란 말이 함께 사용된다. 우리는 죽음이란 말 자체에도 두려움을 느낀다. 죽음에 초연한 사람이 과연 몇이 있을까? "죽음을 두려워하는 것에 대한 최초의 치료법은 삶에 시작이 있으면 끝도 있다는 것을 떠올려 보는 것이다."라고 한 영국의 수필가 윌리엄 해즐릿이 죽음에 대한 적절한 대처법을 설명해 주고 있다.[2]

우리는 삶과 죽음에 대한 담론이 넘치는 시대에 살고 있다. 방송 매체마다 건강에 대한 이야기가 꽃을 피운다. 모두가 인간의 몸에 대한 이야기이다. 무엇을 전제로 할까? 결론은 죽음을 전제로 이야기하는 것이다. 몸에 이로운 어떤 음식을 먹고, 건강을 위해 어떻게 운동을 한다는 것 자체가 죽음을 두려워하는 것에서 출발한다. 죽음과 삶은 서로 밀접한 관련이 있다. 본질은 어떻게 살아가느냐가 중요하다. '잘 보낸 삶 뒤에 차분한 죽음이 온다.[3]' 는 얘기처럼 오늘을 사는 삶이 중요하지 않을까?

'천천히 그리고 느리게' 라는 말을 떠올려 보았다. 살아가면서 삶의 본질은 잊어버리고 너무 앞만 보고 뛰어가는 것이 아닐까? 나이가 들수록 세상은 복잡해지는 듯하지만 삶은 간단해진다. 한 박자 늦추고 천천히 생각하고 실천하는 것이 잘 사는 방법이다. '3초만 기다리기' '때로는 아무것도 하지 않기' '유용한 불편함 즐기기'[4]라는 천천히 사는 법도 지켜볼 만하다.

하늘을 올려보니 별빛도 없다. 다시 벤처스의 〈워크, 돈 런(뛰지 말고 걸어라)〉이란 곡이 흐른다. 수십 년 지난 과거지만 미래를 내다보고 작곡한 모양이다. 경쾌하고 발랄한 트위스트 음악 속에서 무엇인가를 생각하게 한다. 늦은 밤 신천 둔치는 한 해를 갈무리하는 풀들로 울긋불긋하다. 과거의 향수를 불러오면서도 미래의 길을 슬쩍 일러주는 것이 벤처스 음악이다. 삶과 죽음에는 경계가 없다. 느리게 돌아가는 차분한 삶속에 죽음을 뛰어넘는 답이 기다리지 않을까.

1), 2), 3) 한겨레 칼럼, "삶과 죽음의 법칙"(김호)에서 인용.
4) 한국슬로시티본부, '슬로라이프 실천하는 법' 에서 인용.

청산靑山은 나를 보고
- 경북 영덕 울진 문화 기행

출발지인 어린이회관 가는 하늘은 얼룩 구름으로 희끗희끗하다. 영덕과 울진으로 문화 답사를 가는 날이다. 잠에 취한 새벽 도로는 아직 고요하다. 회관 입구에 도착하니 반가운 얼굴들이 환하게 맞아준다. 같은 문학의 길을 가는 이들이라 고향 친구를 만난 듯 넉넉하다.

한 시간 반 정도 달렸을까? 수런거리던 차 안이 일순 조용해진다. 차창 밖으로 펼쳐지는 푸른 바다! "바다다." 라는 한마디에 일행은 모두 소년 소녀가 된다. 출렁이는 물결이 차 안까지 밀어올 듯하다. 허옇게 부서지며 달려드는 파도를 볼 때마다 쿵덕거리는 가슴은 아직도 호기심과 순수의 열정이 남았다는 증거이리라. 동해와 허리를 나란히 하고 달리는 버스는 큰 대게 조형이 인상적인 강구대교로 들어선다.

깔끔하게 단장된 해안을 따라 쉬지 않고 파도가 울부짖는다. 이름도 싱싱하다. 블루로드라고 불린다. 잠시 후 뭉게구름 속에 하늘을 찌르듯 서 있는 풍력발전기와 마주 섰다. 높이와 날개의 길이가 각각 80여 m인 풍력발전기. 바람 방향에 맞춰 날개를 움직이는 모습이 여유롭다. 빠르지도 않고 그렇다고 느리지도 않게 유유히 도는 그를 보며 우리의 삶을 반추하게 된다. 그동안 너무 쫓기듯이 앞만 보고 허덕지덕 살지 않았는지? 쪽빛 하늘과 코발트빛 바다를 몇 번이나 보고 지냈던가? 눈부신 구름밭 속에 흰 날개를 펼친 광경은 고고한 학의 군무로 해석해 본다.

영덕신재생에너지전시관은 다양한 문화 체험을 할 수 있는 곳이다. 문화해설사의 자상한 설명이 맛깔스럽다. 그중에서도 방향에 따라 돌아가는 노란 해바라기 에너지 정원이 인상 깊었다. 하얀 몸체로 만든 모형 수소 자동차도 너무 아름다워 운전해 보고 싶은 충동이 일어날 지경이었다. 전시장 밖의 정원에서 고산 윤선도의 시비와 '월월이청청月月而淸淸'이라는 조각상을 만난다. 여의주 닮은 동그란 구가 위에 놓여 있는 탑과, 앞에는 세 여자가 팔을 들고 있는 조각이다. 일 년 중 보름 명절, 달빛이 청청한 밤에 춤추고 노래했다는 설이 유래다. 이는 동해안에 분포하고 있는 대표적이 여성 놀이로 영덕읍 노물리를 중심으로 전승되고 있다고 한다.

축산항에 우뚝 서서 동해를 지키는 죽도산 전망대에 올랐다. 나무로 만든 계단 길로 10여 분 오르면 만날 수 있다. 내려다보니 푸른 물결이 가슴에 안긴다. 쉴 새 없이 달려와 해안의 검은 바위에 하얗게 부서지는 물거품이 한여름의 기억을 다시 부른다. 고개를 돌리니 초승달 모양으로 휜 해안과 블루로드 다리가 한눈에 안긴다. 건너편 산 정상에는 해묵은 봉수대가 지난 역사를 안고 장난감처럼 편안히 서 있다. 조선시대 왜구가 침략하면 몇 시간 내에 여기서 한양까지 보고되었다고 해설사가 얘기한다.

오후 여정은 목은 이색 생가를 거쳐 건칠관음보살상이라는 보물이 간직된 창수면의 장육사를 찾았다. 운서산 깊이 한참 구불대는 길을 돌아 천천히 절집 입구에 들어섰다. 고려 말 공민왕 때 나옹선사가 창건한 절이다. 문득 우리 집 거실에 서각 작품으로 걸려 있는 선사의 시 한 구절이 떠오른다.

"청산은 나를 보고 말없이 살라 하고 창공을 나를 보고 티 없이 살라 하네. 탐욕도 벗어 놓고 미움도 벗어 놓고 물같이 바람같이 살다가 가라 하네."

홍원루라는 강단에 들어섰다. 사진 찍기를 유난히 거부하고 검은 수염이 인상적인 주지 스님은 참선을 오래 했다고 한다. 나옹선사에 관한 설명을 들었다. 나옹선사는 스무 살 때 절친한 친구의 죽음을 맞았다. '왜 죽었을까? 어디로 갔을까? 나도 죽으면 어떻게 될까?' 오랜 번민 끝에 선사는 답을 얻기 위해 출가를 했다. 중국으로 건너가 지공스님의 제자가 되고 큰 깨달음을 얻어 고려로 돌아왔다. 태조 이성계의 왕사인 무학 대사도 나옹선사의 제자라고 한다.

오랜 세월의 흔적으로 퇴색한 대웅전 단청이 눈에 들어온다.

새로 칠을 하지 않아 빛바랜 색감이 아름답고 정겹다. 장육사는 대웅전 삼존불상 뒤의 후불탱화인 〈영산회상도〉가 특히 유명하다. 〈영산회상도〉는 영취산에서 석가가 제자들에게 법화경을 설법한 모임의 불화이다. 여러 보살과 각 상의 섬세하고 아름다운 모습, 채색 기법 등을 통해 18세기 불화의 특징을 잘 드러낸 작품으로 불상과도 멋진 조화를 이루고 있는 불화이다.

조금 왼쪽 계단을 올라 관음전을 찾았다. 좌우에 동자를 거느리고 모셔진 관음보살상은 색다르다. 정확한 이름은 건칠관음보살좌상이다. 일반적인 건칠불의 표면은 삼베 위에 옻칠을 계속 입히는 것이지만 이 보살상은 삼베 대신에 종이를 사용한 것이 다르며 머리의 보관은 별도의 나무로 만들었다고 전한다. 눈을 지그시 감고 인자한 듯 근엄한 표정의 얼굴에서 중생의 아픔을 어루만져 주려는 보살의 마음이 전해온다. 경건하게 고개 숙이고 작은 소망을 빌었다.

다시 오른쪽 어깨에 푸른 바다를 끼고 7번 국도를 달렸다. 하늘을 가릴 듯한 송림 속에 바다를 등지고 우뚝한 월송정에 올랐다. 서늘한 바람이 먼저 반긴다. 달을 즐기며 노닐었던 옛 화랑들의 기개와 풍류가 생각나 가만히 눈을 감고 귀를 기울여 보았다. 말 달리는 소리, 호탕한 웃음소리가 어울려 밀려오는 물결 소리에 들리는 듯 사라진다. 바닷가 백사장을 천천히 걸었다. 내가 서 있는 곳은 어디일까? 지금 나는 어디로 가고 있는 것일까? 파도 소리를 들으며 내 삶의 여정을 곰곰 생각했다. 지금,

이 순간이 절정이 아닐까?

　돌아오는 차창 밖으로 초엿새 달이 또렷하다. 몸은 피곤하지만, 정신은 또렷하다. 즐겁고 뜻깊은 유적지 탐방이었다. 무엇보다 마음 맞는 문우들과의 여행이라 뿌듯했고 가는 곳마다 살가운 인심이 아름다웠다. 늦은 밤 어둠을 가르는 버스 불빛만 고속도로를 달린다.

어디쯤 가고 있을까

볕 좋은 날, 가을이 도심 허리까지 내려와 울긋불긋하다. 모처럼 달성공원을 찾았다. 비스듬한 입구 오르막길은 바람 따라 마른 낙엽이 꽃비처럼 흩날린다. 활짝 열린 정문으로 여윈 햇살이 먼저 반기는 늦은 오후다. 관풍루觀風樓 쪽엔 한세월 갈무리한 백발의 노인들이 삼삼오오 벤치를 지키고 있다. 남녀유별일까? 할머니들은 할머니끼리 할아버지들은 할아버지끼리 앉아 퀭한 눈빛으로 앞만 바라본다. 한 벤치에 같이 있지만, 모르는 사람처럼 대화가 없다.

네잎클로버 모양으로 가꾼 정원에는 폭신한 잔디가 햇빛을 받아 반짝인다. 정원 중앙에는 늙은 향나무 한 그루가 고고한 자태로 방문객들은 환영한다. 멋진 분재작품이다. 그때였다. 모과나무 아래 벤치에 앉았던 한 어른이 일어서더니 목청을 높여 노래한다.

"화장을 지우는 여자~"

깜짝 놀란 나는 걸음을 멈춘다. 팔순이 조금 넘었을까? 굵은 주름에 검붉은 얼굴이 확 안겨든다. 대낮부터 약주를 드신 것 같다. 한쪽 팔을 들고 흥겨워 노래하지만, 무엇인가 어색하다. 이어지는 가락이 처량하게 귓전에 맴돈다. 노래하는 것이 아니라 절규에 가깝다. 옆에 앉은 노인도 덩달아 따라 부른다.

'인생 칠십은 예부터 드물다.'라는 말은 오래전 이야기이다. 지금은 팔십이 넘어 사는 것이 보통이다. 문득 나를 돌아보았다. 평생 다니던 직장에서 은퇴할 날이 코앞에 아른거린다. 꼬집어 표현할 수 없는 상실감과 막막함에 마음이 불안했다. 세상 순리대로 살면 되지 않겠나 하고 마음먹지만, 몸과 정신이 따라 주지 않는다. 이순耳順을 겨우 넘긴 시기다. 돌아보면 인생 2막을 시작하는 나이가 아닌가. 쇠퇴하는 기억력과 체력, 제대로 자리 잡지 못한 자식 걱정이 뒤섞여 머리를 점령해서일까? 어지럽다. 남이 보면 어쩌면 호사스러운 근심일 수도 있지만, 스스로를 다스리기가 쉽지 않다. 저들의 연륜에 비교하면 아직 어린아이건만.

물새 방사장으로 천천히 걸었다. 멋진 깃을 간직한 홍부리황새 몇 마리가 외다리로 서 있다. 흰 바탕에 날개 꼬리에 검은 깃으로 장식한 그들은 이곳의 왕이다. 수십 마리의 거위와 오리들이 어울려 살아간다. 이 무리에 섞이면 나는 무슨 새가 될까? 아마 저 뒤쪽에 있는 이름 없는 오리 한 마리이리라. 별다른 특색도 없이 미미하고 평범한 존재. 더불어 살아가는 데에 충실한 자연의 일부. 한참 지켜보아도 닮고 싶은 황새들은 움직임이 없다. 꽥꽥 소리 지르면서 줄지어 몰려다니는 하얀 거위들의 행렬에 한참 눈이 머문다.

건너편 언덕 위 벤치에 노인 대여섯 명이 빙 둘러앉아 있다. 호기심에 슬며시 옆으로 갔다. 마주 보는 벤치 탁자에 작은 담요를 깔고 민화투를 치고 있었다.

"초단 하려고 했는데 다 깨졌네."

"얼씨구, 이번에는 내가 제일 점수가 많다."

가장 점수가 적은 사람이 이긴 사람에게 백 원짜리 동전 하나를 준다. 그래도 한쪽 어른 앞에는 동전이 제법 많이 쌓여 있다. 세월을 화투에 실어 시간을 삭이고 있는 것일까? 얼마 후면 나도 저 대열 끝자리에 있지 않을까 생각하니 가슴이 먹먹해졌다.

젊은이 대여섯 명이 웃고 떠들면서 지나간다. 얼핏 말소리를 들으니 낯설다. 동남아 출신 근로자인 듯하다. 곰 우리로 가는 그 뒤로 따라갔다. 큰 곰 세 마리가 어슬렁거리며 좁은 우리를 돌아다닌다. 고향을 그리워하는 것일까? 어쩌다가 이 좁은 곳에서 한평생을 보내야 할 운명을 지니게 되었을까? 전에는 크게 느끼지 못했던 자유라는 단어가 떠오른다. 무심한 까치 몇 마리가 옆에서 장난치고 훌쩍 날아오른다. 부러운 듯 고개를 드는 곰 머리 위로 푸른 하늘만 아득하다. 잠시 뒤 갑갑함을 못 이겨서인지 한 마리가 우리 아래의 해자 부분으로 내려왔다. 좁고 길게 되어 있었지만, 그곳이 도리어 편한 듯 계속 어슬렁거리며 다닌다.

마른 잎들이 바람에 우수수 바닥을 구른다. 잔디밭에 떨어진 은행잎이 노랗게 익어간다. 산책로 따라 걸으니 마른 햇살이 발길 따라 유난히 반짝인다. 그때였다. 이쪽 잔디밭 중앙에 할머니 세 분이 앉아서 무엇을 먹고 있는 것처럼 보였다. 소풍이라도 나왔을까? 호기심에 울타리를 넘어 가까이 갔다. 윷놀이하고 있었다. 간식은 옆으로 밀쳐놓고 반들반들하게 윤이 나는 윷을 던지며 놀이에 빠져 있었다. 이 대낮 땡볕에 윷놀이라니?

"재미있습니까?"

바보 같은 질문에 한 번 힐끗 쳐다보고는 다시 윷을 던진다.

"무슨 큰 재미가 있겠소. 시간 보내는 것이지."

그들이 던지는 것은 윷이 아니라 세월이었다.

공원 전체가 한눈에 안기는 벤치에 앉아 스르르 눈을 감았다. 저물어가는 볕이지만 온몸이 따뜻하다. 몸은 노곤하지만, 정신은 말똥말똥하다. 몇 해 전부터 불쑥불쑥 떠올라 괴롭히던 상념 때문에 머릿속이 혼란하다. 강박증과 조급증이다. 수많은 선배의 삶에서 답을 찾으려 했다. 희미하게 답은 보이지 않고 마음만 허허하다. 자연스럽게 살아온 대로 사는 것이 답이지만 어렵다. 내 삶의 시간은 어디쯤 와 있을까? 나는 지금 어디로 가고 있는 것일까?

서늘한 바람 한 장에 눈을 떴다. 물끄러미 구르는 낙엽을 보다가 정신이 번쩍 들었다. 그렇다. 자연이란 사라지는 것이 아니라 본래로 돌아가는 것이 아닌가. 낙엽은 다시 땅속의 거름이 되고 새봄이 되면 푸른 새순으로 돋을 것이다. 오면 가고 가면 오게 되는 자연의 순리. 자연스레 받아들이면 될 일을 막연한 두려움에 거부하기만 한 자신이 부끄럽다. 한 걸음만 물러서면 쉽게 답이 나오건만 좁은 눈으로 앞만 보고 온 탓이리라. 시나브로 가슴속의 안개가 걷히는 느낌이다. 건너편에 뉘엿뉘엿 석양을 등지고 산책하는 노부부의 뒷모습이 평화롭다.

노란 은행잎 한 장 어깨 위에 슬며시 내려앉는다.

내 삶의 무늬는?

    새 프로그램으로 깔끔하게 설치한 컴퓨
터를 켜고 보니 달포 전 일이 향 연기처럼 피어오른다.
    내가 활동하고 있는 글쓰기 카페에 지난봄부터 '20여 년 전
이메일을 펼쳐보며' 라는 글을 연재하고 있었다. 우연한 기회로
2002년 봄부터 미국에 사는 초등 동기와 삼 년간 1,000여 통의
메일을 주고받았다. 서로 다른 문화와 언어를 지닌 나라에서 살
아가는 50살 전후의 인생. 그곳에서 부대끼며 헤쳐 가는 삶의
애환과 마음 상태를 주고받으며 서로를 위로하고 소통하는 자
리였다. 과거를 돌아보면 오늘과 비교가 되기에 당시의 날짜와
비슷하게 올렸다. 사나흘에 한 번씩 글을 복사해서 붙이는 방법
을 썼다.
    그날도 글을 실으려고 부팅을 했다. 갑자기 문서 파일이 열리
지 않았다. 자세히 보니 한글파일마다 확장자 뒤에 똑같은 영어
단어가 몇 개 붙어 있었다. 무슨 일일까? 이런 적이 한 번도 없었

는데. 급히 아들에게 연락하니 바로 달려왔다. 잠시 확인해 보더니 '랜섬웨어'라는 바이러스에 감염되었다고 한다. 이런? 늘 말로만 듣던 끔찍한 일이 내게 일어났다. 한글파일과 사진은 모두 열지 못하는 바이러스였다. 아뿔싸! 오전에 꼭 보고 싶은 교양 프로그램이 있어 아들에게 부탁해 함께 인터넷에서 자료를 찾았는데 우연히 운이 나쁘게 감염된 모양이다.

나이 탓일까? 새로운 것에 대한 대처가 늦기에 프로그램을 자주 업데이트하지 않는다. 보안이 취약하지만, 늘 사용하던 익숙한 프로그램만 쓰고 새로운 것에 도전하지 못한 나의 두려움과 아집이 이런 큰 화를 불러왔다. 여기저기 클릭해 보았지만, 지금까지 보관한 모든 사진과 틈틈이 써 왔던 시, 편지, 수필 및 작품집은 몽땅 잠겨버렸다. '랜섬웨어'라는 말처럼 몸값을 요구하는 인질이 된 것이다.

허망한 마음에 베란다로 나가 먼 산을 한참 바라보았다. 문득 원로 한국 화가로 유명한 모 씨가 열심히 그린 작품들을 화재로 모두 잃었던 이야기가 떠올랐다. 그는 며칠 동안 울부짖다가 결국 마음을 추스르고 다시 그림을 그려 더 멋진 작품을 창작하게 되었다는 일화이다. 하지만 남의 이야기에서 내 불행은 큰 위로가 되지 않는다. '참 대단하다'라는 마음이 잠시 들 뿐 곧 현실로 돌아오면 갑갑하다. 친한 친구 팔 부러진 것보다 내 손가락 다친 것이 더 아픈 것이 세상일이다. 어렵게 쓴 글에 대한 아쉬움과, 수년 동안 내 삶의 역사가 살아 있는 사진에 대한 미련 때문에 답답했다.

아들에게는 괜찮다고 했지만, 처음에는 무척 화가 나고 기분이 좋지 않았다. 오후에 집 근처 신천 강변을 산책하며 곰곰 생각해 봤다. 어쩌겠나? 돌이킬 수 없는 지나간 일이 아닌가? 흘러가는 강물만 물끄러미 바라보았다. 그들과의 인연이 조금 일찍 끝났다고 해석해 보니 좀 담담해졌다. 집에 돌아와서 잠겨있는 파일의 제목을 천천히 훑어보았다. 내가 과연 이번 사건이 없었다면 이 자료들을 언제 다시 열어 보기나 했을까? 날아간 사진들은 훌훌 털어버렸다. 다행히 살아 있는 동영상 파일을 재생시켜 보았다. 아내와 함께 산책하는 영상, 온 가족이 동해 여행길 백사장에서 장난치고 걸으며 즐겁게 이야기하는 영상, 등산길에서 집사람에게 시를 읊으며 웃는 영상들은 따뜻하게 살아났다.

며칠 전 오랜만에 정겨운 지인들과 가을 나들이를 갔다. 허전했던 마음이 울긋불긋 물든 산사 풍경에 시나브로 스러졌다. 7부 능선까지 내려온 단풍이 느긋이 나를 지켜보며 말을 건넨다. "그래, 사라져 버린 글은 아깝지만, 다시 쓰면 되지 않겠니. 새 마음으로 가다듬으면 전보다 더 좋은 작품이 나올 수 있을 거야."라고. 그때였다. "천천히 느끼며 누리고 살아가게. 세월은 가는 것이 아니라 오는 것이라네." 함께 먼 산을 바라보던 선배님이 불쑥 던진 말이다. '아니 지금 내 마음 상태를 어떻게 알고 하신 말일까?' 세월은 간다고 생각하면 지난 것이 아깝지만, 온다고 바라보면 언제나 새로운 시작이 된다. 한결 마음이 가벼워졌다.

추석에 우연히 티브이로 보게 된 트로트 가수 나훈아 콘서트 장면이 떠올랐다. 〈테스형〉이라는 신곡이 유난히 가슴에 파고들었다. 어지러운 시대 탓일까? 끝이 보이지 않는 코로나 전염병과 무능한 정치에 지친 모두가 열광했다. "그저 와 준 오늘이 고맙기는 하여도, 죽어도 오고 마는 또 내일이 두렵다."라는 대목에 목이 멘다. 답답한 마음에 칼날처럼 꽂히는 함축적 가사는 신선하고 짜릿했다. 삶의 기본은 행복이 아닐까? 이 노래를 들으며 진정한 행복이 무엇일지 한참 생각해 보았다. 결국 우리가 현재보다 더 행복하게 살아가려면 이전과는 다른 패러다임을 펼쳐나가야 한다는 메시지이다. 대중가요 한 곡에서 삶의 철학을 배운다.

삶이란 그런 게 아닐까? 어쩔 수 없는 큰 사건을 겪었지만, 생각하기에 따라 과거를 다시 한번 되돌아보고 회상에 잠길 기회가 될 수도 있다. 세상일은 정답이 없다. 맑은 정신에서 나오는 진실이 있을 뿐이다. 흐르는 강물처럼 살아가자. 불가에서 강조하는 '일체유심조一切有心造'란 말이 절실히 다가온다. 세상사 어떤 일이든 내 마음에 좌우된다는 것을! 푸른 마음을 가지면 푸른 세상이 열리고, 붉은 마음으로 보면 붉은 삶이 기다린다는 사실. 어떤 일이든 즐거운 심정으로 해석하면 남은 내 삶은 더 밝고 아름다울 수 있지 않을까?

나는 몽상가인가

아침 햇살이 강하다. 창을 뚫고 들어오는 빛이 전날과는 비교할 수가 없다. 어제는 볕이 났다가 개기를 늦게까지 오락가락했다. 밝음이 실내에 가득 차니 마음도 환하다.

하루가 시작되면 습관적으로 출근한 지가 삼십 년이 넘는다. 일반적인 직장인의 일상과 별 다름이 없다. 알람 소리에 맞춰 일어나면 선식으로 아침을 해결하고 8시 전후에 직장에 도착한다. 커피 한 잔을 책상 위에 놓고 컴퓨터 부팅으로 하루를 연다. 아이들과 아침 청소를 하다 보면 금세 시간이 흐른다. 아침 독서 시간이지만 모두가 좀처럼 집중이 되지 않는다. 교무실에 들어와 오늘 수업할 진도도 점검하고 에듀넷의 동영상과 파워포인트도 챙긴다. 독서와 도서관에 관련된 보고 공문이 없는가도 살펴본다. 동료와의 대화는 별로 없고 눈만 반짝거린다. 정보사회에 들어온 후의 직장 분위기이다. 구수한 사람 냄새가 사라졌다고 할까. 전날의 재미있었던 사건도 얘기하며 밝게 웃으며 시작하던 예전과는 너무 달라졌다. 이따금 아득한 행성에 혼자 있는 생각도 들었다. 쓸쓸한 마음에 창밖의 묵은 히말라야시다만 쳐다보았다.

북향으로 된 교무실은 조금 답답하다. 대구에서 가장 오래된 2층 건물로 시청에서 유형문화재로 지정된 곳이다. 문화재에서 근무한다는 자부심도 있지만, 남쪽엔 4층 건물이 우뚝 막고 있어 여름엔 덥고 겨울에는 늘 춥다. 봄날의 일기 예보에 맞춰 옷을 입고 출근을 하지만 종일 몸 상태가 좋지 않다. 난방기를 켜서 조절할 수도 있지만, 물자 절약을 강조하는 관리자는 늘 18도를 유지하라고 볼 때마다 난방기를 끄고 나간다. 차라리 교실 안이 아이들 체온으로 더 따뜻하다. 왜 사람마다 체질이 다름을 인정하지 못할까? 다혈질에 강건한 관리자 본인 위주로 판단해 버리니…. 직원들의 쓴소리가 여기저기서 나오지만, 다른 방법이 없으니 어쩌랴!

봄이 고개를 밀고 들어오는가 싶더니 어느새 마지막 꼬리만 살랑거리고 있다. 도심 속의 산소 창고인 학교 정원은 내가 가장 사랑하는 장소로 다른 곳에선 좀처럼 찾을 수 없는 매력을 지닌 곳이다. 철 맞추어 꽃이 피고 지는 것으로 세월의 흐름을 일러 주었다. 올봄에도 산수유와 매화가 일등으로 꽃망울을 맺었다. 누가 먼저인지 가늠할 수 없을 정도로 경쟁하듯 꽃을 피웠다. 여덟 그루에서 핀 은은한 매화와 산수유 여섯 그루의 노란 꽃들이 팝콘 터뜨리듯 펑펑 터졌다. 이전에는 수줍게 고개 숙인 할미꽃도 있었으나 올해는 보이지 않았다. 줄지어 양지의 진달래가 수줍은 듯 붉게 피고, 40년 넘은 목련 한 그루가 희디흰 꽃망울을 활짝 펼치며 봄을 노래했다. 참, 언제 눈을 떴는지 노란 개나리들도 담장 아래 길게 늘어서서 손을 흔들고 있었지. 온통 정원은 꽃 잔치로 분주했다. 수업이 비는 시간이면 혼자 정원에서 어슬렁거리는 것이 망중한의 즐거움이 되었다.

이 정원에서 작년에 작은 일이 있었다. 일주일 전쯤이다. 행정실의 K 직원이 구부리고 앉아 무엇인가를 열심히 심고 있었다. "뭘 하느냐?"고 물었다. "여기 할미꽃을 새로 심고 있어요." "아니, 그곳은 원래 할미꽃이 십여 그루 있던 곳 아니냐."라고 물으니, "지난가을 정원 잡초를 뽑은 일이 있지요. 그때 담당 직원이 그곳에는 할미꽃이 있었다는 것을 깜박 잊고 일하는 아주머니들에게 잡풀을 모두 뽑으라고 지시를 해서 다 없어졌어요."라고 한다. 할미꽃은 봄에 잠깐 피고 나면 일 년 내내 별 흔적이 없다. 가을에는 여느 잡초와 크게 구별되지 않는다. 그래서 다른 풀들과 함께 뽑혀 나간 모양이다. 해마다 봄에 할미꽃이 소복이 핀 것을 예쁘게 봐 왔는데, 그런 일이 있었다고 생각하니 한편으론 헛웃음이 나오고 안타까움도 들었다. 무심코 한 일이라지만 전해주는 울림은 만만치가 않았다. 내게도 이런 일이 없지 않았을까. 내 일처럼 자신을 돌아보게 한 사건이었다. 이번에는 모종을 심은 주변에 노란 노끈 두 겹으로 울타리를 쳐

놓고 '할미꽃 단지'라는 팻말을 만들어 표를 해 놓았다.

정원은 온통 연둣빛 천국이다. 팔각정 아래 벤치에 앉아 봄에 잠긴다. 초록의 매력은 말로 표현하기조차 두렵다. 눈이 맑아지고 기분도 무지개처럼 핀다. 며칠 전 꽃 진 자리마다 새잎이 파릇파릇하다. 어린아이의 마음이 이런 색일까. 정원의 벤치에 앉아 새잎을 바라보면 온몸이 파랗게 물들어 간다. 길 잃은 봄이 햇볕에 취해 휘청거릴 때 여름은 재빨리 틈새로 들이닥칠 기세이다. 연둣빛으로 물을 머금은 잎들은 신입생들처럼 보드랍고 깨끗하다. 바라볼수록 눈이 시원해지고 마음은 차분해진다. 나무마다 콸콸 물 길어 올리는 소리도 들리는 듯하다. 새봄, 새잎, 새 마음, 신입생…. 새로운 것들은 다 저렇게 아름답고 탱글탱글하다. 문득, 내 삶의 가지에 달린 잎을 돌아본다. 오래되어 칙칙하고 진한 녹색이다. 그들이 부럽고 아쉽다. 새로 꽃피고 자라고 잎 지는 일이 당연한 자연현상이지만 돌아보니 내 삶이 안타깝기만 하다.

정원 옆 미술실에서 수업을 마친 아이들이 우르르 몰려나온다. 재잘대며 웃음 띤 얼굴이 꽃보다 아름답다. "안녕하세요." 미소 지으며 지나가는 그들에게서 밝은 미래가 보인다. 길게 아치를 이룬 느티나무 어린 새잎들이 바람에 일렁인다. 초록 나라의 아침은 하늘도 사람도 파란 물감을 덮고 있다. 내게 주어진 남은 삶이 아무리 어렵더라도 오늘만 같으면 하는 바람은 큰 욕심일까.

연두 잎과 새 생명의 색깔에 취해 잠시 눈을 감았다. '찍 찍 찌-이-익' 지저귀는 직박구리들의 노래가 흥겹다. 모든 것이 꿈결처럼 아늑하다. 시간이 지날수록 마음은 편안해지고 몸이 가벼워지는 느낌이다. 순간 '딩 동 댕' 수업 시작 벨 소리에 화들짝 놀란 의식이 먼저 교실로 뛰어간다.

'완생完生'을 꿈꾸며

　　올여름은 유난히 칙칙했다. 처음엔 마른 장마로 지치게 하더니 8월의 끝자락이건만 한 주 내내 비가 내려 우울하다. 게으름에 물들어 독서는 팽개치고 텔레비전 채널만 조작하기에 바빴다. 나는 드라마를 잘 보지 않는다. 대부분 현실성이 부족하고 시청자의 호기심만 자극하는 내용이라 관심이 가지 않았다. 얼마 전 우연히 수년 전에 방영된 〈미생〉이란 작품을 만났다.

　　미생未生이란 '바둑에서, 집이나 대마가 아직 완전하게 살아 있지 않음, 또는 그런 상태'를 뜻하는 용어이다. 인터넷 '다음 웹툰'에 연재된 만화가 원작으로 학벌도 스펙도 없는 주인공이 어쩌다가 대기업에 입사하여 겪는 애환과 현실을 다룬 이야기이다. 그는 낙하산으로 불리는 고위층의 입김으로 입사했다. 그 배경과 추천한 사람에 관한 이야기는 초반에 나오지 않아 궁금증이 항상 남았다. 내가 아는 내용은 오래전 '미생' 웹툰의 첫

부분에 대해 조금 읽은 것이 전부였다. 갑자기 내 아이 생각이 나서 그랬을까? 배경 설정이나 캐릭터가 내 적성에 맞았을까? 딱 꼬집어 말할 수 없는 묘한 분위기에 드라마 속으로 뛰어 들어갔다.

만화로 된 작품을 다 읽지 못했기에 전체 줄거리가 원작과 어느 정도 부합되는지도 몰랐다. 짬이 나는 대로 인터넷으로 내려받아 조금씩 보기로 마음먹었다. 첫 회부터 극 속에 빨려 들어갔다. 회를 거듭할수록 몰입이 되었다. 이럴 수가? 무엇이 이토록 내 마음을 끌어당길까? 곰곰 생각에 잠겼지만, 알 수가 없었다. 나는 최근 몇 년 동안 한 번도 어떤 일에 집중하지 못했다. 세상의 모든 일이 시들해져 있었다. 타성? 갱년기 우울증? 도무지 무기력한 삶에서 벗어나지 못한 상태였다.

한 종합상사에서 벌어지는 사건이 드라마의 내용이다. 주인공 장그래는 인턴으로 입사해 2년 차 계약직 사원까지 올라간다. 그가 속한 영업 3팀의 오상식 과장(중반 부분에서 차장으로 승진)과 김동식 대리. 연기도 마음에 들고 극 구성도 매끄럽다. 인턴에서 같이 올라온 자원 팀의 안영이 역할도 돋보였다. 실감 나는 연기와 빠른 전개가 나를 끌어당겼다. 재미와 긴장감에 빠졌다가 어느 날 문득 이런 생각이 들었다. 하지만 이들은 정말 미생일까? 시한부 계약직인 이 인턴 대열에도 끼지 못하는 다른 수많은 구직자는 무엇이란 말인가?

어제저녁이었다. 거실에서 같이 시청하던 둘째 아들도 나처럼 드라마에 푹 젖었다. 그는 지난 수년 동안 대기업의 문턱까지 갔다가, 마지막 면접에서 번번이 좌절한 경험이 있기 때문이다.

"아빠, 나도 저런 곳에서 한번 일을 해 보고 싶었는데. 잘 적응할지 못 할지는 몰라도 내 인생에서 큰 경험을 하고 싶었는데요."

말끝을 잇지 못하는 아이의 마음에 머릿속이 감전된 듯 찌릿했다.

"그래, 그랬으면 좋겠지. 하지만 인연이 없는 것을 어떡하겠니. 다 잊어 버려라."

따뜻한 답을 하지 못하는 내 마음이 더 울컥했다.

지난 수년의 세월이 또렷하게 되살아난다. 둘째 아들의 꿈은 대기업에 입사하는 것이었다. 사범대학에서 수학교육을 전공했지만, 적성은 인문 경영학에 더 관심이 많았다. 나름대로 차분히 준비하여 1차 시험인 직무적성검사는 늘 통과하였다. 하지만 인연은 거기까지였다. 최종 면접이 문제였다. '스터디 그룹'도 만들어 대비하고 준비를 했건만 결과는 제자리였다. 기대하던 문자 메시지는 번번이 그에게 아쉬움과 좌절만 안겨 주었다. 처음 한두 번은 괜찮았으나 시간이 지날수록 초조해하는 것이 보였다. 스트레스가 심해 머리카락도 많이 빠졌다. 결승점 바로 앞에서 밀려난 사람처럼 몸과 마음이 여위고 쇠약해졌다.

"무슨 기준으로 채용하는지 도대체 알 수가 없네요, 아버지,

이제 무엇을 어떻게 해야 할까요?"

혼잣말처럼 내뱉는 소리가 초겨울 들녘의 시든 풀잎 되어 내 가슴을 훑어갔다.

미생의 넋두리였다. 그날도 조용히 방에 들어가 천장을 바라보고 같이 누웠다. 별말은 없었지만, 가슴이 서늘해졌다. 몇 마디 말 이외 아무것도 해 줄 수 없는 내가 미웠다. 시대를 잘못 타고났을까? 능력이 부족해서일까? 대졸 실업자 100만 명 시대에 사는 이 시대의 미생이 아닌가. 정보화 사회를 지나 신자유주의 글로벌 시대를 살아가는 오늘날 젊은이의 초상이었다. 살아남기 위해 무엇을 해야 하고 어떤 마인드를 가지고 대처하느냐는 허공 속에 지나가는 바람이었다. 밤하늘 별만큼이나 쏟아지는 자기개발서나 '행복해지는 법' 이란 주제 강의도 현실에선 모래 위의 성으로밖에 보이지 않았다.

'완생完生' 의 길은 어디에 있을까? 최소한 '미생' 에서 벗어나야 인간다운 삶의 근처에 갈 수 있으리라. 행복이란, 가진 것을 원하는 것으로 나누었을 때 그 수치가 클수록 크다고 한다. 통계학적으로 실험한 자료를 보면 수입이 일정액 이상을 넘으면 행복지수는 더 이상 높아지지 않는다. 오래전 세계에서 가장 부자로 손꼽히는 중국의 온라인 쇼핑몰 알리바바 그룹의 회장인 마윈 씨가 방송매체에서 인터뷰하는 것을 본 적이 있다. 무엇 하나 부러운 것이 없는 그도 절대 행복하지는 않다고 얘기한다. 물질의 완생은 이루었으나 정신은 아직 미생이란 뜻일까?

오늘 〈미생〉 마지막 편을 보고 한참 생각에 잠겼다. 드라마 속 주인공은 '미생'의 탈출을 위해 조금씩 발걸음을 옮겼지만, 현실은 여전히 캄캄한 굴속이다. 신자유주의란 거대한 파도를 어떻게 헤쳐 나갈 수 있을까? 물질의 미생에서 벗어나야 정신의 미생에서도 벗어날 수 있을 것이다. 늘 나보다 못한 사람을 생각하며 살아가려고 노력하지만, 마음은 그렇게 여유롭지 않다. '입고 먹는 것이 여유로워야 예절을 안다.[1]'라는 옛 성인의 말이 떠올라 코끝이 찡하다.

　　종일 도서관에서 책과 뒤척이다 터벅터벅 들어온 아이의 어깨가 애처롭다. "힘내라." 가볍게 툭 치며 격려해 주는 내 손도 시리기만 하다. 늦은 밤 베란다에서 바라본 하늘의 별이 총총하다. 멀리서 희미하게 반짝이는 별을 바라보며 생각에 잠긴다. 저 높은 곳에서 보면 우리 삶 자체가 모두 '미생'인 것을.

---

1) 衣食足而知禮節(의식족이지예절), 『관자(管子)』 「목민편(牧民篇)」.

'의미 없다' 는 '의미 있다' 이다

퇴직한 지 6개월이 지났다. 아직도 어둑어둑한 새벽 어김없이 알람 소리와 함께 반사적으로 일어난다. 지금 왜 일어날까? 출근도 하지 않고 일찍 할 일도 없는데. 다시 누워보지만 이미 정신은 말똥말똥해져 눈을 붙이기가 어렵다. 수십 년 동안 길든 습관이라 좀처럼 바뀌지 않는다. 이젠 느긋이 늦잠도 즐기고 느린 걸음으로 하루를 맞이하고 싶지만, 마음과 몸이 엇박자를 내며 주파수를 맞추지 못한다. 창밖은 푸른 하늘이지만 푸르게 보이지 않는다. 막연한 불안감에 쫓기듯 우울하다. 세상 이치를 알고 듣는 대로 모두 이해할 수 있다는 나이건만 나는 어린애보다 못한 것 같다.

영국의 사회철학자 피터 라슬렛은 인생을 4단계로 구분하여 설명했다. 제1기 인생은 태어나서 배우고 성장하는 시기이고, 제2기 인생은 독립하여 가족을 이루고 돌보며 직업인으로서 사회에 이바지하는 시기라 한다. 제3기 인생은 퇴임 후 이제까지

일 때문에 미뤄두었거나 하지 못했던 혹은 하고 싶은 일을 맘껏 즐기는 인생의 황금기라고 정의한다. 그러면 지금 나는 인생의 절정을 맞고 있는 게 아닌가. 그런데 무엇이 나를 찻잔 속에서 벗어나지 못하게 하는 것일까?

'퇴직만 하면 읽고 싶은 책도 마음껏 읽고 산 찾아 물 따라 바람과 동무가 되어야지.' 늘 마음속에 그리던 소망이었다. 자유인이 되면 하고 싶은 일, 가고 싶은 곳을 마음대로 하고 갈 수 있을 줄 알았다. 아니었다. 바람보다 먼저 다가와 내 곁에 붙는 것이 있었다. 조직에서 떨어진 상실감과 공허함이 정신과 몸을 칭칭 감았다. 어떻게 해야 새 삶을 예전과 원만하게 연결해 갈 수 있는지 알 수 없었다. 인문학 강의, 운동, 악기 등 다양한 활동을 대안으로 제시해 주지만 마음이 움직이지 않았다. 평상심이 사라졌다. 니힐리즘에 빠진 것일까? 매사에 의미가 없어졌다.

아침 일찍 신천 둔치로 산책하러 나갔다. 무더위를 몰아낸 선선한 바람 한 줄기 속에 녹음이 산책길을 호위하고 있다. 길섶에는 하얀 개망초가 소금을 뿌린 듯 하늘거리고 군데군데 노란 달맞이꽃들이 가을을 기다리고 있었다. 간이 운동기구 옆 벤치엔 나이 지긋한 노인 몇 분이 건너편 산만 바라보고 아무 말이 없다. 만물이 시작하는 시간이건만 그들에게는 시작보다 마무리가 보이는 것은 나만의 기우일까? 물끄러미 바라보는 눈빛은 온화하지만, 영롱한 빛이 보이지 않는다. '그러려니' 하는 삶의 달관도 엿보이지만 '의미가 없네.' 라는 허무가 더 또렷하다.

저녁을 먹고 거실에서 텔레비전을 보고 있을 때다. 밝은 소식보다 어두운 뉴스가 나날이 늘어간다. 팍팍한 현실을 참고 꿋꿋이 살아가는 다큐멘터리드라마를 나는 좋아한다. 살아가는 모습이 안타깝기도 하지만 상대적으로 위안을 얻기 때문이다. 3포 시대를 지나 7포 시대라 했던가. "에휴, 의미 없네요." 취업 준비로 종일 도서관에 갔다가 들어온 아들의 말에서 다시 상실감에 빠진다.

별빛보다 가로등이 더 환한 늦은 밤 신천 둔치의 둑에 앉았다. 답답한 날에는 한밤에도 산책을 나오곤 한다. 며칠 내린 가을비로 냇물이 제법 넘실거린다. 물가 풀숲에서 오리 몇 마리 줄지어 가는 모습이 평화롭다. 꿈결처럼 포근하다. 다스릴 수 없는 내 마음을 조용히 물에 풀어 놓았다. 잠시 어지러운 듯했으나 이내 편안해졌다. 한때는 흐르는 강물처럼 살면 얼마나 좋을까 하고 생각한 날도 많았다. '의미 없다' 는 말을 곱씹어 보았다. 한참 되뇌다 갑자기 머리를 찌릿하게 하는 생각이 스쳤다. '없다' 라는 말은 결국 '있다' 라는 말과 통한다. '많이 안다' 라는 것은 '많이 모른다' 와 뜻이 같지 않은가. 마음이 조금 밝아졌다. 그렇다. 생각을 조금만 뒤집어 보면 세상의 '의미 없다' 라는 말은 '의미 있다' 는 내용이 된다.

눈이 확 뜨인다. 사방을 돌아보았다. 물 흐르는 모습이 더욱 사랑스럽다. 사물 하나하나가 새롭게 보인다. 낮게 엎드린 엉겅

퀴꽃도 달리 보이고 비스듬히 누워있는 아카시아 잎들도 싱싱하게 소리치는 듯하다. 불빛에 반짝이는 모래알 하나부터 눈앞에 펼쳐지는 모든 것이 다 신비롭다. 삼라만상은 각각 놓여 있는 장소와 피우는 꽃, 모두가 나름의 가치와 의미를 가진 것이다. 손바닥 뒤집어 보면 답이 나오는 일을 왜 모르고 끙끙 앓기만 했을까? 가로등 불빛 때문이 아니라 생각의 전환에 온 세상이 더 눈부시다. 알 수 없는 실체로 늘 침울하던 가슴속이 조금은 환해지는 듯했다.

'있다' 와 '없다' 의 관계를 조심스레 그려보았다. 왜 그렇게 보지 못했을까? 사랑, 배려, 돌아봄이 부족해서였을까. 냇물 소리가 점점 크게 들린다. 오늘 밤에는 잠을 푹 잘 수 있겠지. 새벽 알람이 울려도 느긋하게 단잠을 누릴 수 있으리라. 삶의 황금기인 제3기 인생이 다시 시작되리라.

걱정을 걱정하다

즐겁다. 콧노래가 절로 나온다. 얼마나 벼르던 부산 여행길인가? 석 달 전부터 해운대 수평선이 보고 싶었다. 별빛 쏟아지는 밤바다 백사장 산책도, 아침 햇살에 철썩이는 동백섬의 파도 소리도 그리웠다. 생각만 해도 심장이 콩닥거린다. 월요일 하오 부산행 무궁화 열차 안은 덜컹거리는 소리만큼 흥분이 앞선다.

해 질 녘의 바다는 조용했다. 첫눈에 안긴 수평선은 뭉게구름을 이고 일직선으로 달린다. 가슴이 확 트인다. 푸른 물결에 마음까지 파랗게 물든다. 예년보다 앞당겨 찾아온 더위가 내일 비가 온다는 소식에 자리를 내주었을까? 피부에 닿는 바람이 차갑다. 지난 주말에 개장한 해수욕장은 생각보다 썰렁하다. 비치파라솔도 보이지 않고 쓰레기만 여기저기 어지럽다. 백사장에는 개장을 축하한 대형 모래 조각 작품이 시선을 끈다. 모래 앞에 서니 내가 작품이 된다. 노래를 흥얼거리며 바닷바람을 즐긴다.

맨발로 모래사장을 걷는 연인의 뒷모습이 신선하다.

한 시간 정도 바닷가를 거닐었다. 아무 생각 없이 돌아다니니 낮과 밤이 천천히 교대를 한다. 지척에 있는 지인의 집으로 걸음을 옮겼다. 일박하기로 약속한 곳이다. 가는 길에 동백섬 주변도 산책하고 싶었지만, 가능하면 늦은 밤 다시 나오기로 했다. 환한 미소로 반겨주는 지인이 바다를 닮았다. 모처럼 만난 즐거움에 이야기꽃을 피우다 보니 금세 밤이 깊었다. 아쉬운 동백섬 탐방은 내일로 미루고 잠자리에 누웠다. 이리 뒤척 저리 뒤척 잠을 이루지 못하다가 깜박 잠이 들었다. 얼마나 지났을까? 갑자기 귀에서 윙 하는 소리가 크게 들렸다. 벌떡 일어났다. 왼쪽 귀에서 폭포 소리인지 바람 소리인지 쏴 하며 귀가 먹먹하다. 귀울림이었다.

큰일이다. 객지에 여행 와서 한밤중에 이게 무슨 일인가? 여관도 아니고 지인 집에서 이런 일이 일어나다니. 목덜미를 만져 보니 땀이 흥건하다. 급히 불을 켰다. 시계를 보니 오전 1시 15분. 입을 크게 벌려 하품하듯 용을 써 봤다. 부엌으로 가서 물을 한 잔 마셨다. 소용이 없었다. 귀에서는 계속 요란한 소리가 나고 상의는 땀으로 젖었다. 밖에 나가 고함이라도 치고 싶었지만, 다들 다른 방에서 곤히 자고 있기에 어쩔 방법이 없었다. 나혼자 나갈 수도 없다. 미친 사람처럼 혼자 방 안을 왔다 갔다 했지만, 소리는 그치지 않았다.

시간이 갈수록 온갖 걱정이 다 들었다. 이러다가 한쪽 귀가 먹지 않을까? 날이 새면 빨리 병원에 가야지. 병원에 가면 치료가 가능할까? 첫차로 대구에 가서 치료할까? 이게 언제까지 지속될까? 생각이 생각을 낳고 거의 미칠 지경이었다. 며칠 뒤 하모니카 연주도 해야 하는데 가능할까. 두 주 후에 친구와 해외여행도 준비가 끝났는데, 갈 수 있을까. 해약하기도 쉽지 않은데 어찌 될까. 시각을 보니 밤 2시 30분이다. 가만히 자리에 누웠다. 한쪽 손가락으로 귀를 막고 작은 소리로 말해 보았다. 여전히 윙윙거릴 뿐 잘 들리지 않았다. 눈물이 줄줄 나왔다.

예전에도 귀울림이 몇 번 있었다. 가만히 누워 몇 시간 지나면 낫곤 하였다. 오늘 증상은 전과는 달랐다. 윙 하고 울리는 작은 소리가 아니라 쏴 하고 폭포 소리같이 크다. 팔에 닭살이 돋고 식은땀이 목덜미에 끈적거린다. 어제 특별히 과로한 일이 있었는지 되짚어보았다. 오전 한글 수업 시간에 두 시간 열강해서 피곤했지만, 집에서 좀 쉬었기에 괜찮은 줄 알았다. 쉬엄쉬엄 가야 할 백수가 너무 기를 많이 쏟았나? 원인은 알 수 없고 결과는 참담하다.

눈을 감고 잠을 청했다. 아마 과로와 피곤 때문에 그럴 거야. 푹 자고 나면 정상으로 돌아오겠지. 아무리 자려 해도 정신은 또렷해지고 감은 눈만 아프다. 하나부터 백까지 천천히 세어보기도 했다. 평소에 잘 찾지 않는 관세음보살도 찾았다. 소용없었다. 귀울림 소리는 그치지 않고 시간은 더디게 갔다. 몇 시간만이라도 푹 자면 나을 것 같은데 도무지 잠을 청할 수가 없다.

또 시계를 보니 4시 10분이다. '진인사대천명'도 암송해 보고 '일체유심조'도 되뇌어봤지만, 그치지 않았다. 걱정만 자꾸 곁가지를 치고 달아난다.

문득 한 문인의 글이 떠올랐다. 환갑 진갑 지나니 눈이 침침해지고 귀도 잘 들리지 않았다. 슬프고 힘들었다. 오랜 근심 끝에 춘하추동 흐름에서 답을 얻었다. 늙고 노쇠해지는 것은 자연의 이치이다. 이제는 마음으로 보고 들으라는 섭리를 받아들였다는 이야기였다. 나도 그렇게 해야 할 시기가 되었을까. 나이 들어서 생기는 자연스러운 현상을 어찌 내가 막을 수 있을까 생각하니 조금 편해졌다. 마음으로 보고 들어야지. 생각은 쉽지만, 현실은 어렵다. 내가 무슨 도인도 아니고 보통 사람인데.

뒤척이다 보니 아침 7시가 되었다. 잔다고 눈을 감았으나 잔 느낌은 들지 않았다. 다행히 귀울림은 조금 약해졌다. 거실에 가서 텔레비전을 켰다. 소리가 이상하게 들린다. 또 걱정이 커진다. 아침 먹고 싶은 마음도 없었다. 이러다가 정말 귀가 머는 게 아닐까? 평소 한쪽 귀가 잘 안 들려 고생하던 동료 생각도 났다. 나는 눈도 나쁜데 귀까지 이렇게 되면 어쩌란 말인가.

마음으로 보고 듣는다는 일은 언감생심이다. 걱정의 포로에서 벗어날 수 있을까? 윌 로저스의 말처럼 걱정은 흔들의자와 같아서 계속 움직이지만 결국은 아무 데도 가지 못한다는 사실이 안타깝다. 돌아오는 무궁화 차창으로 멍하니 빗방울만 쳐다보았다. 운무에 쌓인 낙동강이 아름답지만, 시큰둥하다. 걱정이

의식을 지배하니 평상심이 멀어진다. 다행히 두어 시간 창밖 풍경 덕분에 시나브로 귀울림은 좋아졌지만, 어제 아침과는 거리가 멀다. 집에 오는 내내 두려움이 춤을 춘다. 내일이면 모든 게 정상이 되리라는 기대감으로 걱정을 걱정한다.

가을 편지

하나, 별빛 나그네

혹시 하늘이 내려오는 소리를 들은 적이 있니? 쏟아지는 별빛을 가슴 가득 안아 본 일이 있니?

어제는 일주일마다 한 번씩 자연의 소리를 듣는 야간산행을 했다. 산길에 접어드니 벌써 밤의 그림자가 천천히 계곡 속으로 스며든다. 손전등이 밝혀 주는 숲길은 흑과 백이 적절히 조화를 이루고, 세상은 시나브로 어둠 속으로 빠져든다. 가쁜 숨을 내쉬는 외로운 산 나그네의 실루엣만이, 기다란 뱀이 기어가듯 산허리를 감돈다. 계절은 쓸쓸함을 조용히 뱉어내고 있다. 잠시 앉은 너럭바위 위로 늦가을의 향기가 솔바람을 타고 살짝 미소를 짓는다.

눈을 감고 있으니, 숲의 속삭임이 밀려든다. 가뭄에 말라 버린 안타까운 아기단풍 사이로 초저녁달이 고개를 내민다. 갑자기 눈앞이 번쩍하는 느낌이 든다. 하늘 가득 은가루를 뿌린 듯이 쌓여 있던 별들이 머리 위로 쏟아진다. 나도 모르게 고개를 들었다. 그토록 아름답던 별들이 내 머리 위에서, 눈앞에서 마구 쏟아지다니! 무어라 표현할 수가 없이 가슴이 뻐근하다. 나도 모르게 두 팔을 벌려 별들을 감싸안았다. 심장 속으로, 입으로, 호주머니 속으로 정신없이 별들을 집어넣었다.

별빛으로 충전된 마음의 눈을 뜨니 계절이 더욱 또렷하다. 정상까지의 산행은 지금까지 걸어온 심정으로 가는 것이 아니다. 하늘을 안고 자연을 안고 내가 별이 된 물아일체의 순수함으로 가는 것이다.

정상에서 하늘과의 만남은, 별들과 대화를 통해 더욱 의미 있고 즐거웠다. 멀리 펼쳐지는 또렷한 시내의 야경을 감상하며 긴 호흡을 한다. 별빛을 받으면서 나누는 숲의 속삭임이 마음을 더욱 맑고 투명하게 한다.

별똥별 하나가 선을 긋고 지나간다. 정신이 더욱 또렷해진다. 나누고 살지 못하는 우둔함과, 버리지 못해 미련만 안고 사는 어리석은 나를 돌아보게 한다. 가슴 가득 밤하늘이 주는 선물을 안고 하산하는 산길엔, 별빛 그림자만 더듬더듬 앞서고 있다.

둘, 자연의 주인이 되자.

해 지는 소리를 들은 적이 있는가?

발갛게 물든 단풍나무 아래 서성거리기만 해도, 해묵은 감나무 아래 울긋불긋 물든 수채화 감잎의 속삭임을 듣기만 해도, 누렇게 출렁이는 가을 들판을 바라보기만 해도 설레는 가슴은 주체할 수가 없다.

가을만큼 사랑스러운 계절도 없다. 가을만큼 우리를 외롭게 하는 계절도 없다. 내 안에서 나를 비추며 푸른 수액이 혈관 따라 흐르는 소리가 들리는 계절!

이런 가을이면 나는 무엇인가? 곰곰 생각해 본다. 한적한 솔숲 그늘에 앉아 잠시 하늘을 쳐다본다. 미지의 외로운 그대에게 그리움을 띄운다. 한 구절 한 구절 소리 내어 읊조리며 그대에게 부치는 편지를 쓴다. 삶이 아름답다. 자연이 들려주는 계곡 물소리에 귀 기울이고, 살아가는 소중한 생의 아름다움을 즐기며 심호흡한다. 이 신선한 공기, 향기로움, 무어라 말할 수 없이 그윽한 숲에서 펼쳐지는 오묘한 자연의 소리. 이런 것들이 조화를 이루며 내 마음을 그윽하고 투명하게 열어 준다.

아름다움이란 그 진정한 가치를 인정하고 즐길 수 있는 사람만이 가지는 보물이다. 코발트빛 맑고 풋풋한 하늘의 싱그러움과 늦가을 허공을 누비며 비행하는 고추잠자리의 졸린 듯 멍하게 뜬 커다란 두 눈. 외로운 산길을 청초히 지키는 구절초의 향기, 산 능선에 걸려 불타는 저녁노을…. 이 모든 것을 마음으로 즐길 때 자연은 비로소 나의 것이 된다. 세상 누구도 부럽지 않은 나만의 소유물이다.

아름다운 숲속의 산장을 일 년에 몇 번 사용하는 주인은 진짜 주인이 아니다. 늘 지키고 가꾸어 온 산장지기가 진정한 주인이다. 산꿩이 울고 더덕 냄새 온 산을 진동하는 숲의 주인은, 그 아늑함과 그윽함을 사랑하는 나그네의 따뜻한 가슴이다.

셋, 아름다운 삶을 살자.

이 세상에서 가장 소중한 것은 무엇일까?

곰곰 생각하면 자기 자신이 가장 소중한 존재일 것이다. 세상을 살면서 자기 자신이 없어지면 모든 것은 존재가치가 사라진다. 현대 사회는 이렇게 소중한 자신을 사랑하지 않고 살아가는 사람들이 많다. 삶을 포기한 사람들이 하는 짓이다. 내가 있으므로 만물의 존재를 인정하게 되고, 개개인의 가치를 확인할 수가 있다. 우리에게 그만큼 자신의 존재가 소중한 것이다.

아침 일찍 일어나 창문을 열고 활짝 갠 하늘을 바라보며 심호흡해 보아라. 날카로운 얼음장 같은 햇살 한 줄기가 솔가지 틈으로 아침을 연다. 지저귀는 산새의 아침 인사에 대답해 주면 내가 살아가야 하는 존재를 확인한다.

낳아주시고 키워주신 부모님께 감사하고, 좋은 아침을 시작할 수 있는 신에게 감사드리며, 탈 없이 건강하게 살아가는 가족들에게 감사하는 마음으로 하루를 시작한다. 신이 우리에게 준 이 귀중한 생명을 겸허한 마음으로 감사하며 살아가야 한다. 이기심과 자만에 빠지지 말고, 겸손과 비움으로 세상을 맞이할 때, 자신을 사랑할 준비가 되어있을 것이다. 자신을 사랑할 줄 모르는 사람은 남을 사랑할 수도 없고 사랑하지도 않는다.

　자신을 사랑하려면 밝고 아름다운 삶을 살아야 한다. 내 삶이 아름답기를 바란다면 먼저 이웃에게 아름다움을 전할 수 있는 자세가 필요하다. 사랑하는 사람을 위해서는 정말 그들이 필요할 때 한 줄기 단비가 되어야 한다. 아름다움이란 겉에서 드러나는 것이 아니라 잠재된 내면에서 저절로 우러나오는 것이다.

　아름다운 삶이란 쉽게 찾아오지 않는다. 겸손과 배려가 자연스럽게 배어 나올 때, 내 삶의 빛깔은 맑고 그윽한 향기를 뿜어 내리라.

3부

꽃이 지고 있다

달밤- 6

          달빛이 강렬하다. 섣달이 시작된 지가 어제 같건만 벌써 열나흘 동안 둥글어져 중천에서 환하게 웃는다. 저 달처럼 밝게 살기를 소망하건만 마음은 따르지 못한다. 언제부터인지 밤에 나와서 그를 감상하는 습관이 붙었다. 그 속에서 그리운 얼굴도 떠올려 보고 지난 추억의 아름답던 기억을 꺼내보기도 한다.

    달빛 아래 신천 둔치를 천천히 걸으면 마음이 차분해진다. 검푸른 산과 찰랑거리는 냇물, 하얗게 말라버린 들풀 사이의 산책길에서 자신을 돌아본다. 나는 누구인가, 지금 어디로 가고 있는가? 어떻게 살아가야 하는가? 예전에는 생각지도 못한 상념들이 자꾸 머릿속에서 빠져나온다. '나이를 먹고 있구나.' 를 무의식 속에서 느낀다. 세월은 그대로인데 몸과 마음이 부대끼는 모양이다.

    나는 늘 행복하다고 느끼며 살아왔다. 평범한 집안의 오 남매

중 장남으로 태어나 큰 풍파 없이 살았다. 종손으로 할머니의 지극한 사랑과 자상하신 부모님의 보살핌으로 작은 풍랑도 겪지 않았다. 중학교 입시에 불합격한 일이 있었지만, 다행히 추가모집에 합격했다. 그 후로는 시험에도 실패한 일이 없다. 편안하고 개성적인 아내와 나름대로 삶의 철학을 가지고 살아가는 착한 두 아들도 나에겐 큰 선물이다.

그렇건만 이따금 가슴 한쪽은 허전하다. 남보다 모자란 것도 아쉬울 것도 없이 갖추었건만 마음이 자주 텅 빈 것 같다. 이럴 때면 술을 잘 마시는 친구가 부럽다. 젊을 때는 술 담배를 하지 않는 것을 장점으로 생각했지만, 지금은 단점으로 보인다. 술도 적당히 할 수 있는 체질이 정말 부럽다. 물론 지금부터라도 배우면 되겠지만 나는 술을 의도적으로 멀리했다. '지고는 못 가도 마시고는 간다'라며 누구보다 애주가이신 아버지가 중풍으로 고생하다 돌아가셨기 때문이다. 젊은 시절 음주를 배우면 즐길 수 있었지만 그럴 수는 없었다. 인생의 황금기인 사십 초반에 건강을 잃고 환갑도 넘기지 못하고 돌아가신 아버지를 생각하면 눈물이 난다. "건강만은 꼭 지켜라."라고 당부하시던 당신의 얼굴이 아련하다.

달이 신천 물속에도 잠겨있다. 언제 나타났는지 기슭에서 오리 몇 마리가 지나간다. 어미가 앞서고 새끼 대여섯 마리가 부지런히 따른다. 오리 어미도 어깨가 무거워 보인다. 물끄러미 보다가 다시 나를 돌아본다. 내 장점은 무엇일까? 특별하게 뛰어난 점은 없지만, 열심히 노력하는 성격이다. 몇 가지 좌우명을 지키면서 특히 『중용』에 있는 다음 글을 참 좋아한다. '사람이 한 번에 할 수 있으면 나는 백 번을 하고, 사람이 열 번에 할 수 있으면 나는 천 번을 한다.'〔人一能之 己百之 人十能之 己千之〕라는 구절이다. 내가 하고 싶은 일은 미친 듯이 몰입한다. 과정을 모르는 친구들은 재능이 많다고 부러워하지만, 사실은 남보다 끈질긴 노력의 결과일 뿐이다.

장점보다 단점은 몇 곱절 많다. 겉으로 보기에는 치밀하고 차분한 것 같으나 자주 실수한다. 이성보다 감성이 강해 눈물이 많다. 세월 탓으로 돌리기에는 이르지만, 정신과 행동이 일치되지 않는다. 섬세함이 사라진 것 같다. 적절한 변화에 대처가 한 박자 늦다. 컴퓨터 시대에 적응을 잘 못 하는 것이다. 예전에는 공문서 하나 작성할 때 손으로 쓰면 쉽게 결재를 맡을 수 있었지만, 지금은 컴퓨터로 접속하는 방법이 까다로워 오랜 시간을 허비한다. 자주 하면 쉽겠지만, 그저 일 년에 몇 번 하는 것이라 할 때마다 늘 시행착오를 겪는다.

바람 한 장 지나가니 물결 따라 달이 일렁인다. 이지러진 달이 내 마음 같다. 지난해부터는 오른쪽 시력이 많이 나빠졌다. 비문 현상도 나타나고 초점도 맞지 않는다. 아침마다 일어나서 눈을 한 쪽씩 감고 테스트를 하면 흐릿하게 보여서 우울해진다. 그럴 때마다 전혀 보지도 못하는 시각장애인도 있는데 내가 이래서야 되겠는가 하고 마음을 다잡는다. 남의 팔 부러진 것보다 내 손톱에 가시 든 것이 더 아픈 것이 현실이니 어찌하랴. 누군가 비문증을 '우물에 떨어진 나뭇잎 한 장'에 비유한 글에서 다소 위안을 받는다. '나뭇잎 하나가 우물에 빠졌다고 우물 전체를 청소할 수 없다.'는 이야기이다. 하지만 마음이 확 밝아지는 것은 아니다. 바쁘게 생활하면서 잊어버리는 수밖에 도리가 없다.

암이라는 중병에 걸려 수술하고도 절망하지 않고 소박한 희망 사항을 글로 나타낸 의사를 떠올린다. 어쩌면 저렇게 마음을 다스릴 수 있을까? 수년 안에 죽을지도 모르는 시한부 삶이다. 그렇건만 여유를 잃지 않고 '자전거로 전국 일주하기'나 '한적한 저수지에 컨테이너를 놓고 낚시를 하는 소로우 흉내 내기' 등의 소망의 글을 읽으면 새삼 삶이 무엇일까를 깨우쳐준다. 비우고 살지 못하는 나는 어쩔 수 없는 속물인 모양이다.

다시 잔잔한 물 위에 달이 환하다. 곰곰 생각하면 그래도 난 복 받은 사람이다. 이따금 좋아하는 친구들과 여행이나 등산도 하고 오늘처럼 달밤에 산책도 즐긴다. 삼십 년 넘어 봉직한 직장도 있고, 방학이라는 달콤한 휴가철엔 남들이 부러워하는 재충전의 시간을 가진다. 종종 삶의 근원적인 외로움에 허우적거리지만, 이 또한 살아있다는 증거가 아닐까? 어느 시인의 '외로우니까 사람이다. 살아간다는 것은 외로움을 견디는 일이다.'라는 시구를 읊으면 내 가슴속은 어두운 구름이 걷히는 기분이다.

두어 시간 정도 지났을까? 늦은 밤 달이 중천에서 기울어진

다. 달빛이 신천 물결 타고 튀어 오른다. 비로소 마음이 편안해
진다. 내일은 오늘보다 조금 더 맑은 날이 되었으면 하는 바람
만 가지고 천천히 집으로 걸음을 옮긴다.

시간의 고향

한글 수업 중이다. 쉬는 시간에 60대 초반의 한 수강생이 "선생님, 제 고향은 봉화인데요. 어린 시절 나무하러 다니느라 학교에 가지 못했어요."라고 얘기한다. 마주 보고 있던 다른 사람은 "나도 청송 산골이 고향인데요. 2학년 때 학교 갔다가 집에 오니 이사 가고 가족이 다 어디로 갔는지 아무도 없었어요. 그때부터 혼자 떠돌아다니면서 글을 배우지 못했거든요." 눈물이 왈칵 쏟아질 뻔했다. 우연히 나온 고향 이야기에 하나둘 가슴의 응어리를 털어놓는다.

가만히 내 고향은 어디일까 반문해 보았다. 어릴 때부터 대학 졸업할 때까지 대도시에서 살았다. 그럼, 그곳이 내 고향일까? 지리적 측면에서는 맞다. 그러나 지금 누가 내 고향을 묻는다면 다른 지방을 얘기한다. 초등학교 시절부터 동네 친구들과 살았던 도시보다, 첫 발령지인 산골에서의 열정적인 삶이 깊게 남아 마음의 고향으로 여기고 있다. 그곳에서 4년간 시간이 평생 마르지 않는 내 이성과 감성의 우물이 되었다.

봉화읍에서 흙먼지 날리는 완행버스를 타고 40여 분 달려 도착한 법전면이다. 1970년대 중반이건만 면 중심지를 벗어나면 전기가 들어오지 않았다. 도시에서 살았던 나는 불편함보다 깊은 자연의 시대에 들어온 듯 설레는 마음이 더 컸다. 얼마 뒤 수화기를 들고 교환원을 불러 통화를 하는 전화기가 교무실에 놓였다. 면 전체에 30여 대 남짓 되었을까? 다이얼 전화에 익숙했던 내 세포는 새로운 즐거움에 고전을 읽는 기분이었다. 문명의 이기를 사용하지만, 사람을 통해 연결되니 상대와 친근감이 깊어지기도 했다.

세상이 너무 바쁘게 돌아간다. 요즘은 무엇이 생겨서 좀 익숙해지려고 하면 금방 사라지고 또 다른 발전된 것이 나타난다. 적응하려고 하면 더 복잡하게 진화해 젊은 혈기가 아니면 따라가기가 어렵다. 누구나 힘들어한다. 자연히 단순한 아날로그식 지난날의 추억을 그리워한다. 우리가 고향을 떠올리는 계기가 아닐까? 그 당시의 즐거웠던 날들이 재생되고, 몸은 복잡한 현실에 있지만, 마음은 푸근한 과거의 기억 세계로 들어간다.

인간은 경험이라는 추억을 먹고 사는 존재이다. 추억 속에서 자신을 발견하고 지난 시절 순수했던 날을 떠올리고 동경한다. 고향이라는 존재는 가장 큰 기억 속의 보물이다. 누구나 고향의 어떤 장소에서 있었던 일을 반추해 내고 그 시절 함께 지냈던 사람과 시간을 그리워한다. 함께 놀았던 일도 그려보고 같이 들었던 대중가요도 아련하게 되새겨본다. 여기서 고향이란 장소의 문제도 중요하지만, 시간의 개념도 동등하게 나타난다. 이따금 TV에서 방송되는 복고 열풍도 같은 맥락이리라. 이미 알고 있던 것의 익숙함과 친숙함 속에서 마음의 평화를 얻으려고 하는 현대인의 정서가 아닐까?

시간의 고향이란 말이 있다. 이는 독일의 소설가인 W. G. 제발트가 2차 대전 당시 연합군 포격으로 엉망이 된 고향을 회상하면서 처음 사용했다. 그는 "나는 예전부터 내가 그 시간에서 비롯했구나! 하는 생각을 하고 있었는데, 만약 시간의 고향이라는 말을 할 수 있다면 내가 가장 흥미를 느끼는 시기인 1944년에서 1950년을 내 시간의 고향이라 할 수 있습니다."라고 2003년 악첸트 인터뷰에서 이야기한다. 그는 그 기억이 있는 시간이 공간보다 더 절실함을 느끼게 해 주는 고향이라고 표현한다. 좋은 기억이든 슬픈 기억이든 추억의 시간이 삶을 단단하게 묶어 주는 구심점이 되었기 때문이다.

'7080 콘서트'라는 TV 프로가 있다. 1970년대와 1980년대에 20대를 보낸 세대를 겨냥한 라이브 음악 프로그램이다. 통기타 가수들이 나와 당시에 유행했던 노래를 열창하면 현실의 몸은 60대이지만 정신은 20대로 돌아가 그날의 친숙함과 편안함에 환호한다. 즐거웠던 시절이 재생되어 힘든 현실을 잊어버리는 묘약이 된다. 시간의 고향에 빠진 것이다.

내 시간의 고향은 언제일까? 20대 후반 병아리 교사 시절 두

메산골에서의 시간이리라. 마을과 뚝 떨어진 7부 산 중턱에 자리 잡은 학교에서의 하루하루는 지금 생각하면 영화 속 같은 나날이었다. 하숙할 곳이 마땅찮아 숙직실에서 1년을 보내기도 했다. 휘영청 밝은 달이 뜨는 날이면 기타를 안고, 1층 교사 옥상에 앉아 밤늦도록 혼자 포크 송을 부르던 일, 연탄가스에 취해 비몽사몽 헤맬 때 고용원 집에서 가져온 동치미를 먹고 억지로 깨어난 사건들이 추억 속의 고향이라는 향수를 불러온다.

휴일에는 산골 곳곳을 돌아다녔다. 이름만 들어도 정감이 가는 자연부락 마을을 찾아 무작정 헤집고 다녔다. '양지마을' '음지마을' '새랭이' '돌다리' '거문골' '모랫골' '재챙이' '중간뜰' '꾸꾸리' '늘구리' 이런 이름이 지금도 있을까? 산골의 발전 속도도 빨랐다. 새로운 길이 나고 산이 깎이고 모습은 과거와 달라져 많이 바뀌었다. 내 기억의 세포 속에서는 하나둘 살아 움직이는 시간의 고향이다. 함께 공부했던 학생들도 지금은 환갑을 앞둔 세대가 되었다. 이름들을 아스라이 불러보면 그 옛날 까까머리의 얼굴이 겹쳐지는 것도 시공을 초월한 덕분이리라.

고향! 가만히 불러본다. 언제 떠올려도 콧등이 찡해온다. 해질 녘 저무는 강가에 서서 춤추는 물결을 바라본다. 지금, 이 순간이 빛나는 내 시간의 고향이 아닐까? 일렁이는 잔물결 따라 고향은 말없이 흘러간다.

달밤 - 7

바람과 구름을 열어젖히며
나타난 달이
흰 구름 쫓아 떠가는 것 아니냐

－「찬기파랑가」에서

　　　　밤 10시 조금 넘었을까? 둥글고 뽀얀 달이
옅은 구름을 밀치고 내 품에 안긴다. 충담사의 향가 「찬기파랑
가」가 불쑥 생각나는 달이다. 오늘은 음력 열이튿날. 신천 물막
이 보는 며칠 동안 내린 맑은 물이 콸콸 소리를 내며 넘실댄다.
간이 벤치에 앉아 세찬 물소리와 가장자리에 한 발을 든 왜가리
의 도도한 모습에 취해 있던 나는 화들짝 놀라 하늘만 바라본
다. 구름 속을 미는 듯 미끄럼 타며 유유히 흐르는 도도한 달!
　　아침부터 햇살이 쨍하니 기분이 좋았다. 예년과 달리 올해는
장마가 오래되어 어제까지는 푸른 하늘을 보지 못했다. 정신도

투명하지 않았다. 오늘은 K 선생님의 주선으로 점심 약속을 한 날이다. 평소에 좋아하는 사람과 만남을 기다리는 시간은 언제나 즐겁다. 평일에 복권 한 장을 사서 주말을 기다리는 심정이나, 마음 맞는 사람들과 여행 일을 잡고 설레는 기분이랄까. 기다리는 내내 잊고 살았던 동심에 젖는 소소하지만 확실한 행복이다.

　며칠 전 날짜를 정하고 일정을 그려보았다. 운전을 맡기로 한 나는 최근 건강이 좋지 않아 먼 곳까지는 무리라 나름대로 지도를 펴고 장소를 찾았다. 가까운 시내 중심으로 스케줄을 짰다. 식사는 힐링이 되는 곳으로 내정하고 나니 찻집이 문제였다. 식사 후 갈 적당한 카페를 검색했다. 식당 부근의 유명한 곳은 대체로 젊은이들이 붐벼 시끄럽다는 후기가 있어 고민이 되었다. 다행히 몇 번 유턴해 돌아가면 조용하고 적당한 찻집이 있어 마음속으로 점을 찍었다.

　경쾌한 마음으로 핸들을 잡았다. L 선생님 댁 앞에서 마침 어제 날짜로 퇴직했다는 Y 선생님도 합류했다. 그때였다. "S 호텔로 갑시다." 점심을 사시려는 L 선생님이 불쑥 말씀을 던진다. 미처 생각은 못 했지만, 선생님이 좋은 곳을 미리 점찍어 놓은 듯하다. 가는 날이 장날인가? 우리나라가 이렇게 잘살고 있는가? 예약하지 않았기에 자리가 없단다. 아쉽지만 다음을 기약하고 예전에 갔던 가까운 식당으로 발을 돌렸다. 코로나 사태로 모든 경제 사정이 위축되었다고 들었지만, 먼 나라 다른 세상

이야기로 들린다. 부익부 빈익빈이 갈수록 심화하는 현실이 씁쓸해진다.

이따금 흰 새가 나래를 펼치고 푸른 숲을 유유히 가로지르는 창을 옆에 낀 P 찻집 이층에 자리 잡았다. 자주 오는 곳이지만 여기만 오면 마음이 여유로워진다. 도시와는 조금 떨어진 곳으로 양쪽에는 검푸른 숲이 펼쳐져 눈이 시원하다. 깔끔하고 넓기에 좋은 사람들과 담소하고 힐링 장소로는 더없이 멋진 곳이다. 젊은 사람들이 많지 않아 시끄럽지 않은 것도 큰 장점이다. 창밖의 숲을 보던 L 선생님이 말씀하신다. 숲의 색깔이 바뀜에 따라 계절의 흐름과 자연의 섭리, 우리 인생의 과정을 빗대어 설명한다. 연둣빛으로 시작된 숲이 절정에 이르면 오늘같이 검푸른 초록으로 변하고 다시 내년을 향해 갈무리한다고 얘기한다.

글쓰기 공부를 하면서, 아니 내 삶의 절정기에 최고의 행운은 L 선생님과 인연을 맺은 일이다. 선생님의 끝없이 공부하는 자세는 늘 게으른 나를 돌아보게 했다. 전공과는 전혀 다른 길인 한문, 고전, 정신분석, 신화, 미술사 등 섭렵하지 않은 분야가 없는 듯하다. 언제나 부드러운 미소와 나지막한 음성으로 얘기하시는 모습이 정말 푸근하다. 무엇보다도 좀처럼 화를 내시지 않는 성품을 가지셨다. 본인이 공부한 내용을 부담 없이 무한정 베푸는 마음은 최고의 선물이다. 아낌없이 주시는 것을 십 분의 일이라도 잘 받을 수 있으면 얼마나 좋을까? 하는 마음만 앞선다. 유난히 커피를 사랑하시는 선생님! 아메리카노 한 잔을 앞에 놓으면 끊임없이 뽑아내는 누에의 실처럼 문학 이야기와 삶의 지혜가 줄줄 나온다.

두어 시간이 물 흐르듯이 지났다. 창밖은 벌써 열대야로 불볕 더위다. 비 온 뒤라 하늘은 더욱 맑고 청청하다. 마침, 건너편 숲에서 흰 새 한 마리 여름을 가로지르며 날아간다. 흰 구름 서너 장 말없이 떠 있다. 행복하다. 돌아보면 늘 지금이 삶의 절정이다. 현실과 이상은 끊임없이 충돌하고 마음과 건강은 종잡을 수 없는 것이 일상이다. 함께한 사람들은 언제나 아름답다. 내일도 늘 오늘만 같기를 소망하며 일상을 갈무리한다.

'시원하고 달도 보이니 신천에 나오세요.' 늦은 저녁 산책하러 나간 아내의 문자가 왔다. 아파트 입구에서 도로만 건너면 신천이다. 물막이 보 물소리가 요란하지만 시끄럽지는 않다. 어제는 징검다리 위까지 넘쳤지만, 지금은 허옇게 바닥을 드러내 달빛에 반짝인다. 늦은 밤이라 산책하는 사람들도 잘 보이지 않는다. 주인 없는 벤치에 앉았다. 아내와 함께 말없이 물과 산과 하늘바라기를 한다. 흰 구름 사이로 달이 천천히 움직인다. 물결이 일렁거려 물속에는 달을 보기 어렵다. 모처럼 만난 밝고 둥근 달은 한층 사랑스럽다. 목월 시인의 '구름에 달 가듯이 가는 나그네'를 나직이 읊조리면서 우리 인생은 저 달과 같은 것이 아닐까, 생각에 빠진다.

새우 몸집을 키워라

그리운 친구에게!

매서운 날씨가 장난이 아니네. 건강 모두 조심하시게. 고희古稀를 지나니 여기저기 몸이 삐걱거린다네. 누가 웃으며 하는 말로 이젠 모두가 '걸어 다니는 종합병원'이라나. 돌아보면 당연한 일이 아닌가? 학창 시절 그리운 친구의 노래 〈희망가〉 가사처럼 "이 풍진 세상을 만났으니…." 부대끼고 흔들리면서도 오늘까지 그럭저럭 잘 살아왔으니 말일세.

요즘 어쩌다가 TV 드라마에 풍덩 빠져 있다네. 퇴직 후 이곳저곳 기웃거리며 배움도 찾고, 하고 싶은 일도 많이 맛보았다네. 나름대로 재미도 있고 의미도 있었지만 결국 찾은 답은 두 가지로 나오더군. 누구나 다 아는 '건강과 취미생활'이라고 할까?

지난주 글공부 모임방에서 '슈룹'이란 드라마를 알게 되었고, 꼬리를 물고 가다가 '재벌집 막내아들'이란 드라마까지 들어왔네. 탄탄한 구성과 갈등, 재미가 오래전 몰입해 몰아서 본 미드 '프리즌 브레이크'나 강남의 새로움을 보여준 '스카이 캐슬' 드라마에 빠진 기분일세.

며칠 전 큰 수술을 한 친구의 후기가 모임방에 올라왔다네. 다들 바쁜 탓일까? 남의 일에 관심갖기 싫어하는 것일까? 아니면 삶이 너무 메마르고 세상이 어지러워서일까? 한마디 위로나 격려의 말이 많이 올라왔으면 좋으련만 ….

오늘 문득 '재벌집 막내아들' 드라마의 한 장면이 떠오른다네. 극 중의 진양철 회장의 고민하는 장면이.(S그룹의 창업주 이 회장이 연상되는 역) 미래를 보고 수천 억을 투자한 초기 반도체 사업이 미국과 일본의 경쟁에서 고사할 위기를 맞았지. '고래 싸움에 새우가 등 터져 죽을 지경'이라고 고민하네. 여기서 어떻게 하면 새우가 살아남을까? 미래를 살아 본 극 중의 막내 손자에게 답을 물었지만, 처음에는 답을 하지 못했다네. 수일이 지나 손자가 답을 찾아 전했네. "새우의 몸집을 키워 고래에 대항하라!"는 답을.

진양철 회장은 크게 웃으며 흔쾌히 받아들였네. 멋진 정답이라고 하면서. 사실 이 문제는 정답이 없다네. 어찌 새우가 몸집을 키워서 큰 고래에게 대항할 수 있단 말인가? 진 회장이 바라는 답은 그가 추진하는 사업에 희망을 잃지 말고 작은 힘을 얻어주는 말을 기대한 것일세. 그 마음을 알아챈 것이 정답이네. '사람 장사'에서 벗어나 미래의 먹거리인 '기술 장사'로 눈을 돌린 진 회장의 진심을 읽은 것이 핵심이라네.

수술 후 씩씩하던 친구도 마음이 많이 여려진 모양이네. 여태까지 큰 병 없이 살아왔으니까 말이지. 지금 그가 바라는 것은 진솔한 한마디의 격려나 따뜻한 친구의 정이 아닐까? 아무리 어지럽고 답답한 시대라지만 무관심은 좋지 않다고 보네.

세상 살아가는 데는 정답은 없지 싶네. 이해하고 배려하는 마음, 몇 번 더 상대의 눈을 바라보고 들어주고 고개를 끄덕여 주는 마음이 최선이라고 생각된다네. 공감하는 힘이지. 서로 마주보며 삶을 살아가는 것도 좋지만, 가끔은 같은 방향을 바라보며 상대의 마음을 읽어주고 토닥거리면 더 밝은 세상이 열리지 않을까?

문학관에서 시간을 읽다

"지금 터널 안입니까?" 옆자리에 앉은 문우가 조심스럽게 묻는다. "아니 터널엔 안 들어온 것 같습니다." 버스 앞쪽을 바라본 내가 대답한다. 채만식 문학관을 탐방하는 문학기행 길이다. 새벽부터 내리는 비 때문에 사위가 어둑어둑하다. 게다가 타고 있는 버스 창의 선팅이 너무 짙어 밖의 경치가 먹물을 덮어쓴 듯 어둠 속이다. 아무리 비 오는 날이라 해도 봄날의 절정을 노래하는 꽃 계절이 아닌가?

버스는 빗길에 두어 번 바퀴가 덜컹거리더니 군산시 내흥동에 자리한 '채만식문학관'에 얌전히 멈춰 선다. 깔끔한 정원에는 불그스레한 연산홍이 절정이다. 백릉 채만식! 그의 이름을 모르는 문학인은 없을 것이다. 암울한 일제 강점기에 한 시대를 불꽃처럼 살다가 간 풍자 소설가이다. 학창 시절 「치숙」「레디메이드 인생」「태평천하」 같은 작품이 교과서에 실렸기에 내용은 어슴푸레 짐작한다. 그러나 출신이 어디인지 그 작품의 배경이 무엇인지는 대부분 잘 모른다.

문학관 앞에 서니 2층의 외관이 눈길을 끈다. ㄱ 자 형태의 5개의 기둥이 색다르다. 입구에 들어섰다. 중절모를 쓰고 환하게 웃으며 맞이하는 사진 속의 선생이 빗속을 달려오느라 눅눅했던 마음을 따뜻하게 한다. 가지런한 치아에 살짝 고개를 돌리고 포갠 두 손을 들어 금방이라도 어깨를 툭 치며 말을 걸어올 듯한 이웃 아저씨 닮았다. 천천히 전시관 곳곳에 녹아 있는 자취를 더듬으며 치열하게 살았던 삶의 여정을 되새겨보았다. 가난한 집안 형편과 관동대지진으로 일본 와세다 대학을 중퇴해 학업을 중단하고 돌아오는 그의 마음은 어떠했을까? 동아일보와 조선일보의 기자 생활을 하며 어두운 시대를 풍자하는 걸작을 많이 남겼지만, 그의 일생은 밝지만은 않았다.

채만식은 민중의 곁에서 울고 웃으며 자기 속살을 아낌없이 작품에 쏟은 사실주의 작가이다. 민족의 아픔을 일제 강점기 지식인의 투명한 눈으로 그려낸 이야기가 작품마다 시공의 역사를 뚫고 살아 나온다. 치열한 삶에는 끝없는 애정이 가고, 따뜻한 작품의 구절을 대하면 한없이 그립다. 죽음을 앞둔 유언문의 한 부분을 읽으면 가슴이 숙연해진다.

"원고지 20권만 보내 주시게. 일평생을 두고 원고지를 풍족하게 가져본 적이 없네. 이제 임종이 가깝다는 예감이 드는 나로서는 죽을 때나마 머리맡에 수북이 놓아보고 싶네."

얼마나 절절하고 안타까운 말인가? 무엇 하나 부족할 것 없

는 시대를 살면서 치열한 작가 정신이 없는 우리에게 따가운 채
찍이 되어 부끄럽다.

주말이라 단체 방문객이 붐빈다. 전시된 사진 속에 작품 속의
인물이 교과서에서 걸어 나와 함께 여행할 수 있다. 파노라마
사진은 2단으로 되어 있다. 내 눈높이에서 강렬하게 다가온 것
은 '탁류' 라는 소설 제목의 굵은 글자이다. 아래쪽의 당시 군산
을 배경으로 한 바다와 배 사진에서는 착취당하는 민중의 삶이
보이고, 선생이 직접 소설 한 장면을 읽어주는 듯했다. 사진 앞
에 설치된 아담한 조각상에서 소박한 기념사진 한 장으로 아쉬
움을 달래며 작품 속 시간으로 들어갔다.

『탁류』의 주제는 일제 강점기 때 벌어지는 온갖 부조리와 악
행, 굴곡진 삶의 마지막에 드러나는 인간의 물욕이다. 그런 것
들이 서민들의 사회를 혼탁하게 만드는 거대한 소용돌이 즉 '탁
류' 가 되는 것이다. 주인공인 정주사의 딸 '정초봉' 은 돈 때문
에 '고태수' 에게 시집을 갔고, 나이 많은 '박제호' 의 첩살이를
하게 되었다. 마지막에는 자신을 겁탈했던 꼽추 '장형보' 의 마
누라로 전락한다. 모두 돈이 원인이다. 돈 놓고 돈 따먹는 투기
세상, 고리대금업이 성행해도 이를 제재할 마땅한 자구책도 없
고, 심지어 육법전서까지 보호하는 세상이었다. 철저한 부조리
의 세상을 고발한 것이다.

오늘은 어떠한가? 언론 보도를 보면 세상은 늘 혼돈 속이다.
정치가는 파란색이니 빨간색이니 서로 비방하기에 정신이 없

다. 책임과 의무는 밀쳐놓고 권익만 얻기 위해 바쁜 듯하다. 백성의 굴곡진 삶은 보이지 않을까? 신자유주의 정책으로 빈익빈 부익부가 심해 서민들의 삶은 갈수록 팍팍하다. 국외 정세는 또 어떠한가? 어찌 보면 지금 살고 있는 시대가 강대국이 사방에서 눈을 부릅뜨고 약탈하려는 조선 말기와 같다. 터널 속에 갇혀 있는 듯하다. 출구가 저 멀리 어렴풋이 보이지만 좀처럼 나아가지를 못한다. 눈을 크게 떠야 한다. 깨어나야 살아남을 수가 있다. 『탁류』의 주인공 초봉이처럼 참고만 사는 수동적인 삶이 아니라, 적당히 자기주장을 하고 사는 동생 '계봉'이같이 능동적인 삶을 추구하는 자각이 필요한 시대가 아닐지 혼자 생각에 잠긴다.

군산근대역사박물관으로 걸음을 옮겼다. 문학관보다 관람객이 훨씬 많다. 여기저기 시끄럽게 움직이는 모습이 거대한 소용돌이 강물 같다. 해설사의 설명은 뒤로하고 혼자 역사 속으로 탐색했다. 휴게실 의자에 앉아 창밖으로 눈을 돌렸다. 『탁류』에서 눈물의 강이라고 불렸던 금강이 멀리 보인다. 금강 하굿둑과 서해가 아스라이 연결되어 있다. 잔뜩 찌푸린 잿빛 하늘과 초록으로 듬성듬성 수놓은 풀밭 건너 작은 고깃배들만 어지러이 떠 있다. 저 금강이 탁류이다. 탁류 너머로 소설 속 '정주사'가 살던 마을이 있었다기에 금강 너머를 아득히 내려다본다.

역사 속의 현실은 언제나 탁류이자 터널 속이다. 오늘따라 채만식 선생이 더욱 그립다. 유난히 꽃을 좋아했지만, 집에는 꽃을 두지 못했고, 원고지값보다 원고료가 더 적어 고민하면서 글을 쓴 그가 아련하면서도 애처롭다. 늦은 밤에는 선생의 작품 몇 편을 천천히 읽으면서 그날의 삶을 반추하리라.

꽃이 지고 있다

꽃이 지고 있다. 그저께 저녁부터 시작되던 봄비가 어제는 종일 온 산천을 잿빛으로 물들이고, 밤에는 심술궂은 바람까지 세차게 투덜거렸다. 서로 질세라 폭죽 되어 터뜨리던 것들이 꽃비로 우수수 떨어진다. 승용차 위에도, 길거리에도, 다람쥐 산책하던 오솔길에도 온통 밥알 같은 연분홍 살구 꽃잎, 벚꽃잎의 잔치다. 그것을 바라보고 있노라면 불현듯 이형기 님의 「낙화」라는 시가 떠오른다.

"가야 할 때가 언제인가를/ 분명히 알고 떠나는 이의/ 뒷모습은 얼마나 아름다운가.// 봄 한 철 / 격정을 인내한/ 나의 사랑은 지고 있다. - 중략 - 나의 사랑, 나의 결별/ 샘터에 물 고인 듯 성숙하는/ 내 영혼의 슬픈 눈."

지는 사물을 보면서 인간의 이별을 표현한 시이다. 삶에서 흔히 겪을 수 있는 이별에서 새로운 의미를 깨닫고 성숙하는 자아를 발견하자는 뜻이 담겨있다. 떨어진 뒤에 찾아오는 슬픔에서 세속적인 욕심을 버리고 떠날 때를 알고 떠나야 함을 얘기하는 달관의 경지를 이야기하고 있다.

국회의원 총선이 막을 내렸다. 특별한 쟁점도 없고 정당 간의 정책 대결이라는 역동성과 신선함도 실종된 선거였다. 계파 간 이해득실에 따른 후보 추천의 잡음만 요란하게 울리고, 반발하여 만든 다른 단체나 무소속의 난립으로 시작한 선거가 국민의 심판을 받았다. 안정해야 경제 살리기에 추진력을 얻을 수 있다는 집권당의 주장과, 거대당에 대한 견제론을 내세운 상대당의 공허한 정략적 외침 속에 정작 서민들은 정치 무관심 속에 빠져들고 말았다.

'화무십일홍花無十日紅', '권불십년權不十年'이라는 말이 새삼 떠오르는 것은 나만의 생각일까? 당선자의 면면을 살펴보니 지난 십여 년 동안 무소불위의 권력을 휘두르고 정책을 좌지우지하던 인사들의 낙마 소식이 곳곳에 보인다. 또 현 정권의 실세로 불리던 인사들의 낙선 소식이 봄비에 떨어지는 꽃잎 되어 날린다. 소위 민주화, 산업화 세대의 인물들은 대거 퇴진하고 자의든 타의든 새로운 꽃들로 교체된 것이다. 그들이 국회를 좀 더 실용적이고 타협적으로 바꿀지는 아직 미지수이지만, 새 꽃은 피고 오래 핀 꽃은 떨어졌다. 어렵고 험난한 과정을 통해 금배지를 달게 된 사람은 축하할 일이다. 하지만 겸허한 자세로

민심의 보이지 않는 소리에 귀를 기울이지 않는다면 그들의 영광도 잠시 피었다가 지고 말 봄꽃이 되지 않을까.

피고 나면 진다는 것은 지극히 당연한 자연의 섭리이다. 한때의 절정을 위하여 뒤도 돌아보지 않고 앞으로 나아가지만 때가 되면 내려와야 하는 것이 우리의 운명이다. 새로운 세대를 위해 묵은 세대가 자리를 비켜 주는 것이 순리이자 당연한 이치가 아닌가? 물러날 때가 지났지만 아등바등 자리를 지키려고 애를 쓰는 사람의 모습은 안타깝다 못해 추하게까지 보일 때가 종종 있다. 문득 내가 선 자리를 돌아본다. 나는 지금 어느 위치에 와 있는가? 관직이 아니라 무어라 말할 수가 없지만, 버리지 못한 어떤 미련을 가지고 끈을 놓지 못해 망설이고 있지는 않은가 돌아보게 된다.

파릇파릇 새잎에서 새 꽃들이 피고 있다. 묵고 낡은 세계가 사라지고 있다. 관념과 이념의 굴레에서 벗어나 진취적이고 새로움의 세계를 향해 나아가야 한다. 진다는 것은 사라진다는 의미보다 새롭게 탈바꿈해서 재탄생한다는 긍정적인 의미가 더 짙게 깔린 말이다. 거짓과 오만과 비리와 부조리의 꽃이 지고 나면, 참됨과 정직과 희망과 성실이라는 새 꽃이 우리의 미래를 밝게 열어 갈 것을 기대해 본다.

벽 속의 여자 3, 4
- 이별, 그리고 그리움

3.
사람이 있을 곳이란
누군가의 가슴속이라고 하네.
그럼 내가 있는 곳은
누구의 가슴속일까?
그리고
지금 내 가슴속에는
누구누구가 있는 것일까?

　　　　묵은 메일을 정리하다가 몇 년 전에 쓴 글을 읽게 되었다. 내가 언제 저런 글을 썼던가? 커피 한 잔을 앞에 놓고 눈을 감으니, 코끝으로 스치는 향기 따라 마음은 그날로 달려가고 있었다.

오랜 시간 그녀는 카페 '낭문방'에서 보이지 않았다. 메일을 보내도 답장이 없다. 내 글에 그녀의 댓글이 달리지 않은 지도 오래되었다. 소설 『상실의 시대』에 대해 얘기를 나누던 날이 마지막 만남이었다. 그러나 내 마음속에는 그녀 생각뿐이었다. 매일 카페에 접속해서 글을 올렸으나 그녀의 모습은 보이지 않았다. 시간이 흐르고 바쁜 일상에 쫓기면서 조금씩 잊힐 때였다. 다시 메일이 온 것이다. 두근거리며 답장을 읽고 있노라니 '르네상스' 커피숍에서 눈물을 글썽거리며 "그럼, 왜 우리는 사랑을 하게 될까요?" 하던 모습이 눈에 떠올랐다.

호수가 눈동자에 잠기는 '안개시인'이라는 아담한 찻집에서 그녀와 마주 앉았다. 얼마만의 만남인가? 갈증으로 타던 시간을 보내다가 다시 그녀의 얼굴을 보게 되었다 "집안일이 참 많았어요. 그리고 이사도 했고…." 우수에 젖은 듯한 까만 눈이 더욱 아름다워 보였다. "아, 예. 그래서 카페에 보이지 않았군요. 이제 자주 들어올 수 있나요?" 내 말에 빙긋이 웃기만 할 뿐 잠시 아무 말도 하지 않는다. "카페엔 탈퇴하려고 해요. 좋은 점도 있지만, 직장 일이 많이 바빠졌어요. 그리고 다른 일도 있고 해서." 조금 쓸쓸해 보이는 말투였지만 담담하게 말했다. 순간 어쩌면 이것이 그녀와 마지막 만남이 아닐까 하는 느낌이 언뜻 지나갔다.

풋풋한 봄을 그녀에게 안겨주고 싶었다. 가로수들이 물오르는 소리도 들려주고 싶었다. 청도로 가는 길 양쪽은 복숭아꽃이 절정이었다. 나지막하게 가지치기한 허리 위로 불그스름한 물감을 부어 놓은 듯 연분홍 꽃이 푸른 하늘과 대비되어 바람이

불 때마다 우우 소리치며 가슴으로 안겨들었다. 몇 달 만에 본 그녀는 상당히 수척한 듯하다. "얼굴이 예전보다 못하네요?" "예, 며칠 독감으로 많이 고생했어요. 아직 뒤끝이 남아 있네요." 생긋 웃으면서 담담히 말하는 그녀의 모습에 가슴이 쿵쾅거린다. 연분홍 스카프가 길옆 도화와 함께 내 가슴에 봄을 태우고 있었다.

Y 온천 옆에 자리한 먹거리촌인 T 랜드로 들어갔다. 한쪽으로는 경부선 철로가 길게 뻗어 있고 맞은편에는 산으로 둘러싸인 아늑한 곳이었다. 기찻길 옆으로 나란히 걸었다. 마침 부산 방향에서 올라오는 새마을 열차가 경적과 함께 길게 꼬리를 끌며 지나간다. 함께 차창을 향해 손을 흔들어 주었다. 팔짝팔짝 뛰며 어린애처럼 좋아하는 그녀를 보고 있으니 내 가슴은 풍선처럼 부풀어 오른다. 자연스럽게 팔짱을 끼고 걷는 길섶 따라 앙증스럽게 핀 노란 민들레가 계절을 노래하고 있었다.

만나고 헤어진다는 것은 자연의 이치가 아닌가. 세상에 영원한 것은 존재하지 않는다. 그렇건만 마지막 만남이라 생각하니 속에서 울컥 무엇이 솟구친다. 피 끓는 이팔청춘 연인 사이도 아니건만 내 마음에 깊숙이 자리한 모양이다. 음식을 먹으면서 주고받는 모든 대화가 갑자기 시들하고 서먹해진다. 사실 아무것도 아닌 것 같으면서도 내 마음속 모두인 듯하다. 오래 기억하고 싶어 한참 동안 그녀의 얼굴만 뚫어지게 보았다. 불현듯 그녀가 선물한 『상실의 시대』의 주인공 나오코가 생각났다가 사라진다.

　돌아오는 길 내내 아무 말이 없었다. 그렇게 아름답던 복숭아 꽃도 내 눈에는 바람에 흔들리는 가을 억새처럼 쓸쓸해 보였다. 마지막이란 말은 없었지만 느낌에서 다가오는 것은 어쩔 수 없다. 짧은 만남이었지만 오랜 친구를 보내는 것보다 아쉽고 서글 펐다. 아니, 그 이상 더 말로는 표현할 수 없는 심정이었다. 그만 큼 내 마음 그리움의 방에 차지하고 있었던 모양이다. D 스포츠 센터 앞에 천천히 차를 세웠다. 가볍게 손을 내밀어 악수를 청 하는 그녀의 눈가도 촉촉이 젖어 있다. 언젠가 받은 그녀의 메 일에서 "평생 살아가면서 소중한 사람으로 서로 기억되길 바랍 니다."라는 말이 불꽃처럼 스친다. 봄비는 사람의 벽 속에 묻혀 사라지는 그녀의 뒷모습을 한참이나 지켜보면서 나는 떠날 생 각도 하지 않았다.

　　그대가 내게로 왔다
　　햇살이 숲길 근처 호수에 빠지기도 전에

　　그대와 만난 날 아침은
　　꿈꾸듯 솔솔 피어나는 물안개가
　　발목 근처까지 기어올랐고
　　건너편 산마루에 온몸을 풀어 헤친
　　억새들의 노래가 귓가에 걸리던 날이다
　　쇼팽의 피아노 소나타 한 곡이 춤을 추는

미끈하면서도 하얗게 튀는 그대의 손
따스함과 그리움이 전류처럼 흐른다
문득 낮게 깔리는 첼로의 흐느낌도 들린다

내 영혼의 바닥에서 울리는
촉촉하고 감미로운 노랫소리
진홍빛 장미 한 잎 붙인 그대의 입술에서
향긋하고 싱싱한 물풀 냄새가 젖어난다

초겨울의 고요가 호수를 밟고 지나간다
언제부터인지 파란 하늘을 가르는
가슴 아래 깃털이 유난히 보슬보슬한
반짝이는 철새들
제 그림자 뚝뚝 흘리며 솟아오른다

창밖에는 시린 겨울 톡톡 두드리는 강바람 소리
짙은 우수에 젖은 눈동자 속
한 올 한 올 풀어지는 햇살에 엮인 사랑
맑고 투명한 그대 영혼에 갈무리하고 싶다

- 졸시 「만남, 그리고 그리움」

　　사흘 밤낮을 몹시 앓았다. 콧물과 고열을 동반한 봄 감기에
나는 무장해제 당한 채 천장만 보고 누워 있었다. 일요일 늦은

오후, 따뜻한 햇살에 끌려 밖으로 나왔다. 앞산의 도래솔로 감싼 잔디에 앉아 무심한 계곡물만 하염없이 지켜보고 있었다.

4.
여기에 적힌 먹빛이 희미해질수록
당신을 향한 마음이 희미해진다면
난 당신을 잊을 수 있겠습니다
초원의 빛이여!
꽃의 영광이여!
-후략-

워렌 비티(버드 역)와 나탈리 우드(월마 역)가 주연한 영화 〈초원의 빛〉에 나오는 워즈워스의 시이다. 한창 감수성이 강한 사춘기 시절, 이 영화를 보고 오랜 시간 잠을 이루지 못한 기억이 떠오른다. 관점은 다르지만 깊이 사랑했던 주인공들의 갈등과 안타까운 사건들···. 많은 세월이 흐른 후 우연히 재회한 두 사람은 여전히 서로 사랑하고 있음을 깨닫지만, 각자의 길을 가기로 한다는 마지막 장면이 아직도 눈에 선하다.

갑자기 이 영화와 시가 떠오른 것은 무슨 조화일까? 봄이 왔건만 기온이 차갑다. 몸이 추운 것이 아니라 마음이 서늘하다. 큰 빗장으로 굳게 잠겼던 가슴 밑바닥에서 불러낸 '벽 속의 여자' 때문이리라. 어쭙잖은 글을 쓴다고, 꼭 동여맨 판도라의 상자가 나도 모르게 열렸다. 얼굴이 화끈거린다. 그러나 어쩌랴.

이게 내 삶의 일부이고 과정인 것을.

　한때 삶이란 '한나절의 잔치'라고 건방진 생각에 빠져 지낸 적이 있었다. 지극히 도덕적인 것도 절대적인 것도 없다고 여겼다. 매너리즘에 젖어 순간순간 살아가던 날이었다. 그 시기에 그녀를 알게 되었다. 사이버 카페에서의 만남으로 시작되었지만, 풍성한 감성의 만남이었다. 이성보다 감성이 강하면 자칫 이성의 절제선을 무너뜨리게 된다. 하지만 나는 사람이 이성만 가지고는 살 수가 없다고 보았다. 그런 삶은 너무 건조하고 숨이 막힐 듯한 기계적인 일상만 펼쳐진다고 생각했다.

　처음, 이 소재로 글을 쓰려고 할 때 참 많이 망설였다. 내가 겪은 시점과 남이 보는 관점은 손바닥의 양면이 될 수도 있을 것이다. '과연 이런 글을 써도 될까?' '독자들이 읽고 나서 속으로 어떤 판단을 할까?' '득보다는 실이 많지 않을까?' 배운 이론도 곰곰 생각해 보았다. '그래, 수필은 내면의 삶을 고백하기다.' '거창한 주제나 삶을 형상화하는 글은 못 되지만, 가지 않은 길에 대한 재미와 감흥은 있을 것이다.' '엿보기와 대리만족을 주는 것도 좋을 거야.' 용기를 내어 마음속 그리움의 샘에서 그녀를 길어 올렸다.

　아름다운 시와 사연, 그리고 많은 댓글과 메일을 주고받았다. 사이버상의 만남이었기에 편안하고 부담이 없었다. 하지만 실체를 알 수 없는 외계인과 감성 교류를 하는 느낌이었다. 클릭 한 번에 모든 것이 사라질 수도 있었다. 사람 사는 세상에 진실

(?)한 마음은 어디나 존재했다. 내가 진실하게 다가간 만큼 상대도 진실했기에.

'그대가 곁에 있어도 나는 그대가 그립다.' 라는 감성적인 시인의 시를 좋아한다. 시의 제목처럼 끝없는 그리움의 존재와 실체를 확인하기 위해 텅 빈 벌판을 헤맸다. 외로움과 사랑이라는 화두를 앞에 두면 누구나 작고 여린 짐승이 될 뿐이다. 그 실체를 찾기 위해 몸부림치다가 그녀와의 만남이 이루어졌다. 그러나, 찾을 수가 없었다. 몇 번의 만남에 목마름만 더해 갈 뿐이었다. 별과 달이 한참 지나간 뒤였다. '주고받은 대화 한 마디 마디가 그리움이고 사랑이다.' 라고 깨닫는 순간, 이별이 왔다. 다시 벽 속으로 사라진 것이다.

　- 전략 -
　다시는 그것이 돌려지지 않는다 하더라도
　서러워 말지어다.
　차라리 그 속 깊이 간직한 오묘한 힘을 얻으소서
　초원의 빛이어
　그 빛 빛날 때 그대 영광 빛을 얻으소서

　　　　　　　　　　　- 「초원의 빛」/ 윌리엄 워즈워스

새벽안개

'삐이익, 삐익' 갑자기 급브레이크를 밟는다. 새벽 출근길 도로는 구름바다이다. 무슨 안개가 이렇게 짙게 깔렸나? 핸들을 잡은 손에 땀이 흥건하다. 바짝 긴장을 하면서도 짜릿한 마음은 무엇으로 표현할까? 안견의 〈몽유도원도〉속을 거니는 기분이랄까, 꿈속에서 꿈을 점치는 느낌이다. 신비한 새벽안개의 선물이다. 문득 달포 전에 만난 '새벽안개'라는 분이 떠오른다.

올봄에 나는 알 수 없는 슬럼프에 빠져 우울한 날이 잦았다. 출근해도 종일 멍한 상태로 하루를 보냈다. 다른 사람들이 가면을 쓰고 다니는 듯 보였다. 한쪽 모서리 자리에 앉아 여유 시간을 컴퓨터 탐색으로 보내곤 했다. 봄날 같지 않게 추운 날씨 탓일까? 환하게 웃으며 핀 살구꽃과 탐스러운 백목련의 정원도 무심히 자주 지나쳤다. 꽃이 진 자리마다 새잎이 파랗게 돋아도 마음속은 허전하기만 했다.

동창회 모임에서의 일이다. 모처럼 만난 즐거움에 웃음꽃을 피우며 술잔을 주고받다가 근 일 년 이상 보이지 않던 친구가 화제로 올랐다. 우울증에 빠졌다는 것이다. 남자들도 갱년기 장애가 온다는 얘기였다.

"뭐 그런 사람이 얼마나 있겠나?"

"아니 표현을 안 해서 그렇지 잘 알 수 없잖아."

자기의 부끄러운 마음을 드러내지 않아서 그렇지 제법 많지 않을까 얘기하며 설왕설래하였다.

문득, 나를 돌아보았다. 쌓이는 세월만큼 아쉬움이 남고, 귀밑머리 하얗게 변하는 나이가 슬프다. 무엇인가 빠진 것 같아 답답했지만, 구체적인 대상이 잡히지 않아 모든 일이 시큰둥하고 집중이 되지 않았다. 나도 갱년기 장애일까? 좋아하던 운동도 하기 싫었다. 해 질 무렵 잡풀이 우거진 숲길에 혼자 서성거리기도 했다. 텅 빈 가슴에 채울 무엇이 아쉬웠다. 그즈음 한 통의 메일이 갈증 속의 나를 흔들어 깨웠다.

메일을 여니 한 폭의 수채화가 펼쳐진다. 글을 읽으니 잔잔한 강물이 흐르는 듯하다. 이렇게 감성적일 수 있을까? 수십 통의 메일이 탁구공처럼 오고 간 어느 날 그녀를 만나기로 했다. 소설가가 되고 싶어 작가 수업을 한다는 메일 내용이 잠시 떠올랐지만 어떤 분인지 한 번은 보고 싶었다. 뭐 하시는 분일까 궁금해 물으니 '새벽안개'란 문자가 날아온다. 아니, 이게 무슨 말인가? 새벽안개라니…. 한참 동안 어안이 벙벙했다. 불꽃 같은 호기심이 일었다. 왜 '새벽안개'라고 했을까?

 T 호텔 옆길에서 두 블록 떨어진 '벨라빈스'라는 커피 전문점을 찾았다. 저녁 9시에 만나기로 했지만, 여유를 두고 삼십 분 전에 문을 밀었다. 맨 안쪽에 자리를 잡아 입구 쪽을 지켜보고 앉았다. 어떻게 생긴 분일까? 문이 삐걱거릴 때마다 천천히 관찰했다. 몇 사람이 안쪽까지 그냥 왔다가 훌쩍 다른 자리로 돌아가기를 반복하는 사이 시간은 9시를 훌쩍 지났다. 그때였다. 산뜻한 연분홍 티셔츠 차림의 한 여자가 문을 밀고 들어온다.

 "저, K 씨 아니십니까?"

 직감으로 그녀란 것을 알 수 있었다. 오십 대 초반쯤 되었을까. 길에서 스쳐 간 동네 아주머니처럼 평범한 얼굴이다. '아니, 이 사람이 새벽안개라니?' 내 생각에다 얼음물을 한 바가지 퍼부은 것 같다.

 "무슨 커피를 드시겠습니까?"

 "글쎄요. 전 잘 모르니 추천하는 것으로 하지요."

 종업원 아가씨의 도움으로 '케냐'라는 커피를 주문했다. 늦은 밤이라 잠을 설칠 수도 있어서 순한 맛으로 청했다. 두근거리는 가슴을 억누르고 차분히 관찰하며 얘기를 풀어놓는다. 커피잔을 만지작거리는 긴 손가락이 피아니스트를 연상시킨다. 엄지손톱의 붉은 매니큐어가 눈길을 잡는다. 연한 오렌지색이 살짝 들어간 안경 너머로 눈이 보석처럼 반짝인다. 대화를 나누면서도 마음속 상상은 구름 타고 허공을 헤맨다. 새순같이 파릇

한 언어가 톡톡 가슴에 달라붙는다. 간간이 터지는 웃음 속에 내가 빠져든다. 재치 있는 그녀의 말솜씨가 커피보다 진하다. 고향 친구를 만난 듯 편안했지만 한 가지 궁금증으로 내 마음은 안갯속이었다.

홀쩍 두세 시간이 흘렀다. 돌아보니 손님이 아무도 없다. 아르바이트 아가씨가 문 닫을 시간이 되었다고 얘기를 한다. '벌써 이렇게 시간이 되었나?' 그리고 보니 커피를 두 번이나 리필을 했다.

"오늘 반가웠어요."

"예, 저도 모처럼 즐거운 시간이었습니다. 근데, 저….."

"말씀하세요. 무슨 궁금한 점이라도."

"새벽안개와 하시는 일이….."

"아, 예, '새벽안개'라고 했지요. 새벽 일찍 출근하는 직업이라 그렇게 지었지요. 그 정도만 아세요. 호호, 카페의 닉네임입니다. 처음 가입할 때부터 써 오던 이름이지요."

늦은 밤 귀갓길은 전조등 불빛만이 어스름한 안개 속을 헤엄치고 있었다.

4부

바람 따라 구름 따라

길 따라 물 따라

하늘빛이 환상적이다. 어제까지 뒤척이던 비는 말끔히 사라지고 베란다에서 바라본 숲이 시퍼렇다. 집을 나서는 걸음이 경쾌하다. 길에서 자아를 찾고 걷기를 통해 몸과 정신의 한계를 극복하며 내일을 설계하는 국토 순례가 아니던가. 사흘간 백오십여 리의 여정이다. 지친 심신에 쌓인 세월의 무게를 조금이나마 덜어낼 수 있었으면 했다.

첫째 날, '가야산 소리길'을 찾았다. 내리붓는 햇살이 만만치 않다. 들머리에 아치 모양으로 만든 소리길 덩굴 터널이 나그네를 반긴다. 논둑에서 웃어주는 노란 달맞이꽃이 싱그럽다. 이어진 숲길은 마법의 나라에 온 듯 컴컴하다. 오감을 열어 놓고 한 발씩 옮긴다. 노년의 고운 최치원 선생이 홀연히 갓과 신발만 남겨두고 신선이 되어 사라졌다는 홍류동紅流洞 계곡 길. 가야산의 명소를 새겨진 한시漢詩와 함께 음미하는 주제가 담긴 길이다. 잠시 걸음을 멈추고 계곡으로 눈길을 돌린다. 콸, 콸, 콸 쉴

새 없이 소리치며 춤추는 물결이 하얗게 부서진다. 멍한 마음을 한참 물속에 던져본다.

반 시간 남짓 오르니 옷이 푹 젖는다. 쉼터 옆으로 흐르는 작은 도랑에 손을 담갔다. 차갑다. 바닥의 조약돌까지 훤히 보인다. 물소리, 바람 소리, 새소리 그리고 세월이 가는 소리까지 들을 수 있다는 소리길이 아닌가? 고개를 들어 햇살이 비집고 들어오는 나무 끝을 올려보았다. 일렁이는 잎 사이로 바람보다 빛이 먼저 안긴다. 눈이 부셔 고개를 돌린다. 귀를 기울이니 멀리서 새소리도 함께 들린다. 조금 떨어진 곳에 재롱 피우는 다람쥐 두 마리가 귀엽다. 숲의 숨소리를 들으려 가만히 눈을 감는다.

짧은 시간이 흘렀다. 물가로 아름드리 소나무 한 그루가 비스듬히 누워있다. 툭툭 갈라진 소나무 껍질을 만져보았다. 수십 년 물소리 바람 소리를 벗 삼아 이 자리를 지켜왔으리라. 손끝에서 전해오는 세월의 감촉이 따스하다. 주어진 자리에서 묵묵히 삶의 뿌리를 내리고 살았고 또 살아갈 것이다. 문득 나 자신을 돌아보았다. 요즘 들어 마음이 어지러웠다. 세월의 흐름이려니 생각했지만 힘들었다. 책도 읽고 좋은 말도 새겨 보았지만, 잃어버린 평상심은 좀처럼 돌아오지 않았다. 세월의 힘을 삭히는 여유가 부족하기 때문일까? '그러려니' 해보지만, 깊은 곳에 숨은 그를 찾기가 어려웠다.

굉음을 울리며 물이 발아래로 빨려 들어간다. 홍류동의 깊은 골은 기암과 폭포가 줄을 선다. 계곡을 잇는 현수교 중간쯤에서 바라본 물은 평화가 아니라 전쟁이다. 감돌고 멈추고 쏟아지고 튀어 오른다. 늘어진 나무의 호위를 받으며 바위 틈새로 요리조리 빠져나간다. 물거품 하나하나가 우리의 삶이다. 마지막 목적지는 같을 터인데 허둥지둥 앞만 보고 달린 것은 아닐까? 홀연 정신이 번쩍 든다. 아하! 머리가 아찔하다. 지금, 이 순간이 내 삶의 절정이라는 사실에 뜨겁던 가슴이 한결 서늘해진다. 옥보다 더 푸른 물을 보며 귀를 쫑긋한다. 세월 가는 소리를 들을 수 있을까?

둘째 날은 합천호 둘레길을 걸었다. 숙소인 관광농원에서 바라본 아침 하늘은 구름 한 점 없이 쪽빛이다. 이글이글 타는 태양이 도리어 야속하다. 얼마 전 태풍 따라 비가 왔지만, 호숫물은 무척 여위었다. 어제는 홍류동 계곡에서 물 폭탄을 생각했는데 오늘은 물 부족함이 절절히 와닿는다. 둘레길 70여 리가 오늘 일정이다. 사실 이 길은 지난봄 황매산 모산재 등산을 하고 승용차로 답사한 곳이다. 그때는 아치로 터널을 만든 벚꽃이 바람 소리와 함께 하염없이 꽃비를 흩뿌렸다. 지금은 오가는 차량이 드물어 한적하다. 야트막한 산기슭마다 수십 호의 집들이 옹기종기 모여 있다. 대부분 원래 살던 마을이 물에 잠겨 호수 위쪽에 다시 정착한 사람들이다. 곳곳에 세워진 마을 흔적의 비석들이 길 가는 나그네의 마음을 아프게 한다. 대대로 살아오던 삶의 터가 물속에 잠겨 있다고 생각하니 개발이라는 단어가 모두에게 공평한 이익을 주지 않는구나 하는 생각이 든다.

길은 잠시 산을 안고 돌아눕는다. 시골 풍경은 어디나 고향이다. 길 따라 옥수수가 줄지어 서 있고, 밭둑으로 호박넝쿨이 기어간다. 안쪽으로 들깨와 콩이 심겨 있고, 지지대에 기댄 붉게 익은 고추가 탐스럽게 달려있다. 평화롭고 아늑하다. 이름난 휴양지가 부럽지 않다. 내 마음이 머무는 곳이 천국이요 극락이 아닐까? 잠시 바라보고만 있어도 자연치유가 된다. 어디선가 유년 시절의 외할머니가 활짝 웃으며 걸어 나올 듯해 사방을 둘러보았다.

거창으로 연결되는 삼거리 정자에 도착했다. 옆 공터에는 수숫단처럼 줄지어 세운 참깨를 건조하고 있었다. 대여섯 분의 노인들이 신기한 듯 우리를 돌아보며 말을 건넨다. "이 더위에 무슨 일로 다니느냐? 학생들이 고생이 많구나. 힘이 들지 않느냐?" 지니고 있던 사탕을 건네며 국토 순례를 하는 취지를 설명했다. 하회탈 닮은 얼굴에서 내 어머니의 모습이 겹쳐 지나간다. 얼굴의 굵은 주름과 그은 피부에서 가족을 위해 고생한 삶의 흔적을 읽을 수 있었다.

여섯 시간쯤 걸었을까. 망향정이 보인다. 조금 의아한 생각이 들었다. 걸어온 풍광을 생각하니 정자가 너무 한쪽으로 치우쳐 있지 않은가. 호수 전체를 한눈에 볼 수 있는 곳은 아니다. 수몰지에 있는 다른 대부분 망향정은 둘레길 중앙에 있는 곳이 많다. 사실 그 지역에 사는 사람들은 정자에 별로 오지 않는 듯하다. 외지에서 온 관광객들이 여기에 올라 풍광을 감상하는 곳으로 바뀐 느낌이다.

조금 이른 시간이지만 산그늘에 들어서니 어둑어둑하다. 오늘의 목적지인 봉산 관광단지가 멀리서 보인다. 아직 순례길이 남았지만, 많이 지친다. 발바닥도 화끈거리고 물집이 생긴 곳이 쓰리다. 이틀 걸으면서 난 무엇을 보고 느끼고 생각했는가? 언제부턴가 무엇이 다 빠져나가고 삶이 무의미하다는 마음이 자꾸 들었던 시기이다. 삶의 2막을 펼칠 나이에 무엇을 해야 할지 방황했었다. 우울증과 일상에 지친 몸의 재충전을 위해 참가한 여정이 아닌가.

지금 순간순간이 내 생의 절정이 아닌가. 어제는 다시 돌아갈 수 없는 날이고, 내일은 어떻게 펼쳐질지 아무도 모르는 날이다. 내가, 이 순간 살아있고 누릴 수 있다는 기쁨 하나로 존재 가치는 빛이 날 것이다.

선암사 봄을 읽다

　　재빛이다. 꽃잎이 아직 눈을 비비지 못하는 시간, 아스팔트 위는 회색 물감을 뿌린 듯 어둑어둑하다. 모처럼 나들이가 아닌가. 여행의 즐거움은 맑은 날씨가 큰 도움이 될 터인데. 선잠에다 들뜬 마음은 몰라주고 하늘은 장대비가 한 줄기 하려는 듯 울상이다.

　　종일 비가 내리면 어쩌지? 걱정 반 기대 반으로 한참을 달린다. 다행히 차창 밖에는 울긋불긋 봄꽃들이 또렷하게 눈에 안긴다. 구름이 멀리 달아난 모양이다. 가볍게 옆으로 돌아보며 모처럼 만난 지인들과 정겨운 인사를 나눈다. 삽시간에 차 안은 우물에 두레박을 내린 듯 조금 시끌시끌해진다. 콧노래가 절로 나온다. 얼마나 기다리던 여행길이던가! '여행은 사람을 순수하게 그러나 강하게 만든다.' 라는 말을 떠올리며 바라본 남도의 들판은 연한 파스텔을 칠한 듯 가슴을 환하게 밝힌다.

　　버스는 두어 번 덜컹거리더니 얌전하게 주차 자리를 잡았다.

상큼하다. 간밤에 비가 내린 탓일까? 선암사 주차장에서 본 하늘은 쪽빛보다 맑다. 아직 이른 시간이라 참배객이 많지는 않다. 가벼운 걸음으로 절집을 향해 오른다. 왼쪽 어깨너머로 조계산 계곡에서 내려오는 물소리가 정겹다. 문득 삼십여 년 전 겨울에 온 기억이 새록새록 떠오른다. 큰 배낭을 메고 조계산을 넘어 송광사로 간 추억이 아스라하다. 그때는 얼음 밑으로 흐르는 계곡물 소리를 동무 삼았었지. 심호흡하며 걸음을 옮긴다. 상큼한 풀꽃 향기를 품은 공기가 싱그럽다. 촉촉하게 젖은 땅에서 싱싱한 봄기운이 올라온다.

다른 절에서는 볼 수 없는 울창한 삼나무 숲을 지난다. 보물로 지정된 승선교에 다다르니 숨이 막힐 듯한 아름다움에 발이 얼어붙는다. 가장 한국적인 절집으로 알려진 선암사 들머리에 있는 승선교. 선녀가 목욕하고 하늘로 올라갔다는 전설이 거짓말 같지 않다. 마흔 개의 화강암을 주춧돌로 삼고 자연석을 포개어 무지개 형상의 아치를 이룬 승선교! 흐르는 듯 고인 듯 거울보다 투명한 개울에 제 모습을 비추고 멀리 강선루의 수려한 모습을 포근하게 감싼 정경은 꿈속에서 만난 도원경이 아닐까? 오랜 세월을 지켜온 개울가 바위의 푸른 이끼들 속삭임이 들린다. 수많은 선승과 시인 묵객들은 이 다리를 건너면서 무슨 생각을 했을까?

일주문을 지나면 서포 김만중의 아버지인 김익겸이 쓴 '육조고사'라는 묵직한 예서 현판을 만난다. 예서체이건만 중후한 육조체의 무게와 단아한 예서체가 어우러진 아름다움이 눈을 행복하게 한다. 삼층석탑을 앞에 두고 중문을 활짝 열어 중생을 맞이하는 대웅전 부처님 앞에 옷깃을 여민다. 대웅전은 새로 단청을 입히지 않아 고색창연한 그윽함과 은은한 예스러움을 고스란히 간직하고 있어 편안하다. 항마촉지인 석가모니불의 자애로운 미소가 경건함과 부드러움을 함께 주고 있다. 천장에는 여의주를 문 네 마리의 용이 금방이라도 하늘로 날아오를 듯 몸을 뒤틀며 용틀임하는 것이 인상적이다. 다른 곳과 달리 문수보살과 보현보살이 좌우에 호위하지 않고 홀로 있는 것도 특징이다.

선암매仙巖梅! 봄철 선암사를 찾는 가장 큰 기쁨이 선암매 아닐까? 선암매란 원래 운수암 오르는 길인 종정원 돌담길에 핀 매화를 말한다. 눈길 머무는 곳마다 줄지어 핀 백매화와 홍매화들의 잔치에 황홀하다. 절정이다. 하나하나 모두 고목이다. 반이상 핀 매화들이 바람결에 놀라 한두 잎 떨어지고, 참배객의 탄성에 대여섯 잎 꽃비가 된다. 분재한 듯 자연스레 뒤틀린 가지마다 탐스러운 꽃들이 향기를 뿜으며 봄날을 노래한다. 눈보다 흰 백매화와 석류꽃보다 은은한 홍매화의 하모니! 잠시 눈을 감고 오감을 열어 마음속으로 매화 향의 향연에 빠진다. 지금, 이 순간이 매화의 절정이고 내 인생의 절정이다. 내 언제 다시 이런 행복을 누릴 수 있겠는가?

눈을 감고 매화 향기에 젖는다. 갑자기 조선 말기 조희룡 님의 〈매화서옥도〉 풍경이 떠오른다. 매화가 눈꽃처럼 흐드러지게 날리는 날 아담한 집에서 선비가 조용히 책을 읽고 있다. 그 매화 눈을 뚫고 그리운 벗이 친구를 찾아오는 그림이다. '벗이 있어 먼 곳에서 나를 찾아오니 또한 기쁘지 아니한가?'『논어』의 한 구절이 떠오른다. 오늘같이 매화 흩날리는 날은 학창 시절 우정을 주고받던 고향 친구 생각이 더 절실하다. 그 옛날 매화도 오늘과 다르지 않으리라. 찾아가지는 못해도 저녁에는 안부 전화 한 통이라도 해야겠다.

짙은 매화 향기 그늘엔 참배객의 추억 만들기로 분주하다. 꽃잎처럼 웃음 짓는 얼굴, 눈동자엔 푸른 하늘이 어린다. 편하게 뻗은 매화 가지마다 단아한 선비의 기품이 묻어난다. 해마다 봄이 오면 매화 축제로 이름난 곳이 많지만 대부분 인위적으로 가꾼 매화밭이라 이곳과는 비교할 수가 없다. 선암매를 보고 있으면 문득 전통 탈춤이 떠오른다. 느긋이 마음대로 뻗은 가지, 탈춤 속에 나오는 우리 백성의 슬기와 거슬림 없는 파격이 그려진다. 연륜이 묻어나는 둥치에선 팝콘 터지듯 생명을 피운 힘. 깔끔하고 정갈함의 매력 뒤에 감춰진 아름다움에서 온갖 어려움을 이겨낸 서민의 끈기도 전해온다.

절에서 내려가는 걸음은 가볍다. 올라올 때 못 본 나무들과 눈인사 나눈다. 어깨 너머 하늘거리며 날리는 매화가 동영상처럼 뒤로 밀려난다. 살아온 꿈이, 살아갈 내일이 꽃잎 속에 반짝인다. 선암매와 함께 춘 춤이 꿈결 같다. 발걸음은 편안하고 느긋하다.

낭만, 낭도狼島의 봄

　　　　　　　이리를 닮았을까? 여우를 닮았을까? 출발
하면서 내내 머릿속에 머무른 것은 이 두 가지 생각뿐이었다.
낭만 낭도! 이름을 처음 들었을 때는 막연히 70년대의 통기타
추억, 향촌동 주점 골목 '고구마집' 이층이 생각났다. 흐릿한
유신 시절, 막걸리 한 주전자에 번데기와 고구마 안주를 앞에
놓고 상다리가 부러지게 젓가락 장단 맞추던 한 시대의 낭만이
떠올랐다.

　낭도 문학기행 길이다. 여수 남서쪽에 살포시 엎드린 낭도는
이름만으로도 호기심과 설렘이 깃든 매력적인 섬이다. 섬 모습
이 여우를 닮았기에 이리 랑狼을 써서 낭도로 불렀다고? 여우를
닮았으면 여우 호狐를 써서 호도라 해야지 왜(?)라는 의문이 머릿
속을 맴돌았지만, 그분들의 마음을 내가 어찌 알겠는가. 지도를
펴 놓고 모습을 그려보았다. 이리저리 돌려보았으나 여우나 이
리나 모양이 비슷하기에 무어라 꼬집어 말하기가 어렵다.

네 시간 남짓 달렸을까? 차창 밖으로 푸른 바다가 눈에 안긴다. 여수를 지나 조발도로 연결된 연륙교 위를 지나는 중이다. 청잣빛 하늘과 바다, 하얀 뭉게구름 두어 장. 멀리서 노랗게 손 흔드는 유채꽃이 두근거리는 가슴을 짜릿하게 조여온다. 아직은 다리보다 가슴이 떨리기에 덜 낡은 모양이다. 여기서 다시 둔병도를 거쳐 낭도로 길이 이어진다. 멀지는 않지만, 예전에는 배가 없으면 갈 수 없는 섬들이다. 지금은 섬과 섬이 다리로 연결되어 낭도에서 적금도를 지나면 고흥반도로 들어가는 바닷길이다.

낭도 주차장에는 벌써 여행객들이 북적거린다. 섬이 몸살을 앓고 있다. 주말이라 온통 차와 사람의 물결이 넘실거린다. 시골 오일장 같다. 개발의 뒷모습은 쓸쓸함이 더 몰려온다. 한가롭고 정겨운 섬이 이젠 얼마나 남았을까? 벽화와 지붕 색깔이 서양화이다. 빨강과 노랑, 파랑이 주를 이룬 요즘 전형적인 벽화마을 풍경이다. 조금 유치하면서도 나름대로 예쁜 분위기다. 낭도 둘레길 1코스를 걷기로 했다. 지도를 보니 출발지점은 이리의 목부분으로 가늠된다. 여기서 입을 거쳐 머리로 올라가면 낭도 방파제가 나온다. 다시 등 뒤를 통해 꼬리 부분에 이르면 남포 등대로 이어진다. 계속 둘레길을 돌아 삼거리에서 뒷다리 부분 주차장을 지나 낭도 중학교로 연결되는 길이다.

기념사진 찍느라 바쁜 일행과 떨어져, 평소 친하게 지내던 J 간사님과 잰걸음으로 앞장섰다. 낭도갯번미술길을 지난다. 정자 앞 붉은 연산홍이 화사하다. 낭도 선착장을 지나니 멀리 우주발사전망대가 있는 나로도가 희미하게 보인다. 방파제 끝 등대까진 제법 먼 거리다. 빨간 정장 차림으로 우뚝 서 있는 등대. 관능적이다. 멀리서 봐도 유혹하듯 눈에 확 들어와 믿음직하다. 둘레길에 접어드니 고요하다. 파도 소리도 멀어진다. 노란 유채꽃이 쪽빛 바다와 어울려 하늘이 한층 가깝게 내려앉는다. 해안길은 동백나무 숲길이다. 붉은 피가 뚝뚝 떨어지는 듯한 동백꽃. 제 목을 댕강 쳐 내고 꼿꼿이 스러지는 그를 보며 절개를 생각한다. 저런 기개를 가진 위정자들이 몇 명이라도 있었으면? 자연은 아름답지만, 세상은 오리무중이다.

모퉁이에 노루귀꽃이 무리 지어 쌩긋 웃는다. 이따금 반대편에서 오는 등산객들의 얼굴에는 웃음이 걸려있다. 만나는 사람마다 "안녕하세요? 반갑습니다." 둘레길에서 만난 사람은 누구나 오랜 친구 같다. 덱 길로 이어지다가 다시 오솔길이 나타나고 바닷가 바윗길로 연결된다. 오른쪽 어깨에 짙푸른 바다를 걸치고 한 걸음씩 힘차게 걸어간다. 갈림길에서 신선대로 내려갔다. 신선대라! 내가 보기엔 신선이 머물기엔 좀 척박한 바위뿐이지만, 곰곰 생각하니 툭 트인 에메랄드빛 바다, 흰 구름이 둥둥, 서늘한 바람에 그냥 멍하니 앉아만 있어도 신선이 되는 자리다.

천선대 가는 길에 캠핑장 카페가 보인다. 노란 유채꽃밭이 푸른 숲과 하늘을 배경으로 그윽한 봄을 펼치고 있다. 갑자기 스프링클러가 돌아간다. 물을 피해 유채꽃밭에서 셀카를 찍으려는데 "사장님, 거기 들어가시면 안 됩니다. 빨리 나오세요." 카페 주인이 멀리서 소리친다. 머쓱해진 마음에 잠시 걸어가니 갈림길에서 천선대가 보인다. 멋지다. 이곳은 경치가 너무 좋아 옛날 하늘에서 선녀들이 내려와 아름다운 풍경을 즐겼다는 전설도 전해진다. 켜켜이 쌓인 바위는 악어가 방금 식사를 마치고 물로 뛰어들기 전의 모습이다. 기념사진 최고의 명소이리라. 너럭바위 위의 천선대 안내판은 사라지고 양쪽 기둥만 남아 내력을 읽지 못해 아쉬웠다.

갯바위 위에 우뚝 선 남포 등대를 찾아갔다. 남포 등대는 방금 탱고 한 곡 추고 나오는 하얀 정장 차림의 말쑥한 춤꾼 같다. 아름답다. 바다에서 입항할 때 '왼쪽 물밑에는 암초들이 있으니, 오른쪽으로 조심해서 들어오세요' 라는 뜻의 흰색 등대이다. 등대 건너편에 보이는 섬이 모래섬, 사도라고 한다. 사도에도 공룡이 살았다는 옛 전설이 깃든 곳이다. 다시 들꽃과 대나무숲 사이로 통한 길을 따라 산타바 해변을 지난다. 멀리 여수의 꽃섬인 하화도가 눈에 안긴다.

1코스 둘레길의 정점인 주차장 포토존에 앉았다. 낭도를 상징하는 여우 모습의 인형이 푸른 조끼를 입고 손을 들어 여행객을 맞이한다. 멀리 장사금 해수욕장까지 갈까도 생각해 봤으나 약속 시간이 맞지 않았다. 내려오는 길에 처음으로 문우 두 분을 만났다. 차 세 대에서 같이 내려 출발했는데 여기서 겨우 두

분만 만났다니, 뭔가 좀 이상했다. 다들 어디로 갔단 말인가? 코스는 같을 텐데 우리만 이렇게 정직하게 길을 돌았는가? 산타바오거리에서 마을을 통해 돌아가기로 했다. 산타바란 '산사태가 난 바위'란 뜻이란다. 돌로 쌓은 마을 담장이 여유롭고 아늑하다. 어느 섬이나 바람을 막기 위해 쌓은 돌담이 많다. 10여 년 전 여수 금오도 비렁길을 트레킹한 추억이 떠오른다. 비슷하면서도 조금 다른 느낌이다. 비렁길을 남성적이라고 하면 낭도 둘레길은 여성적이다. 그만큼 포근하고 아기자기하다.

　마을 골목에서 만난 흑염소의 큰 눈망울이 애처롭다. 우리 안 목줄에 묶여 있어서 그런지 울음소리가 더 애잔하다. 주변의 노란 유채꽃만 마음을 어지럽게 한다. 다정하게 인사하는 J 간사님 위로의 말을 알아들었을까? 작은 울음소리로 응답하는 것 같다. 큰길로 들어서니 승용차가 길을 가득 메우고 있다. 100년 전통 '젓샘 막걸리집' 벤치에 앉아 바다를 마주했다. 오랜 시간 지켜온 주막집이다. 예전에는 허름한 초가였으리라. 지그시 눈을 감으니 서편제 한 장면이 겹쳐진다. 칼칼하게 목쉰 주모의 구슬픈 육자배기 한 자락이 귓가에 느릿하게 들리는 듯하다. 건너편 물이 빠진 갯벌에서 조개를 캐는 아낙네의 뒷모습이 짠하다. 허리 한 번 펴기도 힘든 고된 섬 생활이 읽혀 마음이 무겁다. 한 문우가 꺾어 온 찔레순의 달싹한 맛을 음미하면서 일행을 기다렸다. 벽화는 아름답게 낭도를 홍보하고 있건만 무언가 허전함이 든다. 자연 상태로 오래 보존하는 것도 미덕이거늘 경제

논리를 앞세운 큰 힘에 쏠려가는 섬이 안타깝기만 하다.

묘도를 거쳐 돌아오는 차 안에서 눈을 감고 생각에 잠긴다. 변하는 것은 변해야 한다. 시대와 세상이 바뀌었기 때문이다. 정체되어 고여 있는 것은 낡아갈 것이다. 내일을 위해 과거는 유연하게 바뀌어야 한다. 마음도 세상도 고집스럽게 머물기만 하면 안 된다. 과거를 지키면서 한편으론 부드럽게 시공간의 아름다운 무늬를 그리는 성숙한 낭도의 봄을 기다린다.

루앙프라방의 깊고 푸른 밤

해 질 녘 강가에서 일몰을 기다린다. 수개국 수천 리를 감돌아 온갖 애환과 사연을 품고 흐르는 동남아 사람들의 젖줄인 메콩강이 눈앞에 펼쳐진다. 맑고 푸른 빛은 찾을 수 없고 황톳빛의 넘실대는 물결이다. 멀리 물 끝을 따라 시선을 옮긴다. 아쉽게도 능선에 걸린 짙은 구름 때문에 일몰은 구경하기가 어렵다. 처음 계획은 푸시산 정상의 일몰을 감상하려 했지만, 시간이 맞지 않아서 이 강가에서 지는 해를 보며 만찬을 즐기려고 준비 중이다.

오전에 라오스의 수도인 비엔티안 관광을 잠깐 하고 유네스코 세계문화유산으로 지정된 루앙프라방으로 날아왔다. 무더위로 텁텁하지만 깔끔하게 단장된 공항은 나그네의 마음을 설레게 한다. 이곳은 메콩강의 항구도시로 평균 고도가 높고 소수민족이 많이 사는 곳이다. 수도에서 거리가 멀고 오히려 중국 윈난성과 가까운 위치에 있어 필요한 생필품은 윈난성의 쿤밍에서 가져온다. 울창한 원시림을 보며 중국 남부를 여행하는 착각이 든다. 태국, 미얀마, 라오스와 삼각 국경에서 마약을 밀거래하는 장소와 가깝다. 중국으로 넘어온 탈북자들이 이곳을 거쳐태국이나 다른 나라를 통해 우리나라로 오기도 한다.

최근에 부쩍 라오스 여행이 국내에 많이 소개되었다. 답답한현실에서 벗어나고 싶었다. 미개발국 여행이란 사서 하는 고생이지만 그 자체가 살아간다는 존재 이유가 아닐까. 몇몇 친구들과 뜻이 맞았다. 힐링이라는 핑계로 라오스 탐방을 결정했다.우기고 비수기라 걱정했지만, 다행히 스콜 현상이 잦았다. 금세소나기가 쏟아지더니 이내 하늘이 쨍쨍해진다. 여행의 즐거움은 장소도 문제지만 누구와 가는가가 더 중요하다. 그저 함께하기만 해도 편하고 즐거운 사람들과의 여행이면 최선의 길이다. 때로는 티격태격도 하겠지만, 초등동기생들이라 수십 년 세월을 거슬러 간 느낌이다.

루앙프라방에서 남쪽으로 팔십여 리 떨어진 꽝시폭포를 찾았다. 신선이 노닐다 간 곳이라 전한다. 열대림 같은 오솔길을휘파람 불며 천천히 걸었다. 산호초가 잠긴 듯 푸른 물빛을 한폭포가 나타난다. 대여섯 갈래로 나누어져 수직으로 떨어지는물보라가 초록 구슬 같다. 손에 물을 담아보았다. 투명하고 맑다. 바닥이 석회암이고 층층으로 되어 얕은 곳에선 물놀이를 많이 즐긴다. 에메랄드 물빛이 소리치며 어서 들어오라고 여행객을 유혹한다. 종종 익사 사고가 나기에 수영을 금지하고 있지만 젊음에는 통하지 않는 모양이다. 자유여행 온 서양인들이 비키니 복장으로 느긋하게 수영을 즐기는 모습이 부럽다. 생명의 열기가 후끈 전해온다. 그들이 바로 신선이 아닌가. 내 언제 저런 날이 있었던가. 다랑논처럼 계단식으로 이어진 물길이 중국의 구체구와 많이 닮았다.

푸시산을 올랐다. 수백 개의 계단으로 연결된 정상에서는 루앙프라방 시내 전체가 한눈에 안긴다. 여기서 즐기는 일몰은 아름답기로 유명하다. 늦은 저녁이 아니고 뭉게구름 때문에 석양의 황홀함은 기대하기 어렵다고 옆 사람들이 얘기를 한다. 멀리 메콩강의 싯누런 젖줄이 눈에 확 들어온다. 올망졸망한 산들이 분지처럼 오래된 도시를 호위하고 있다. 마을 전체가 오밀조밀하고 장난감처럼 귀엽다. 오랜 시간 프랑스의 지배를 받았기에 건물 형식이 유럽풍이다. 푸른 숲들 사이로 붉은 지붕과 흰 벽이 조화를 이룬 집들. 언뜻 보면 프랑스 시골의 한 지역을 여행하는 기분이 든다.

휴가를 얻어 혼자 여행 온 L 선생님과의 추억도 색다른 인연이었다. 미술과 관련 있는 일을 하고 있다는 지천명을 갓 넘긴 분이다. 기념사진을 찍으면서 자연스럽게 동행하게 되었다. 메콩강가의 야외 천막 아래 저녁 만찬이 준비되었다. 숯불에 구운 스테이크를 앞에 두고 마주 앉았다. 석양의 메콩강을 바라보는 그녀의 눈동자에는 알 수 없는 은은함이 젖어 있다. 이따금 강바람이 가볍게 그녀의 머릿결을 넘긴다. 나도 무어라 말할 수 없는 어색한 시선을 메콩강으로 돌린다. 도도히 춤추듯 솟아오르고 때로는 몸을 비트는 거대한 한 마리 구렁이처럼 싯누런 몸통을 뒤척이며 넘실대는 물결을 바라본다. 물 냄새가 야자수 수액 같으면서도 비릿하다. 순간의 내 삶도 저 속에서 흘러가고 있지 않은가. 가볍게 부딪치는 차가운 맥주잔에 텁텁한 남국의 분위기가 물결 따라 출렁거린다. 세월의 수레를 몇 시간만이라도 멈추고 싶다. 삶의 절정만 아득할 뿐 머리는 하얗게 꿈속에서 꿈을 꾸는 순간이 아닌가.

저녁 후, 마사지를 선택하지 않은 L 선생님과 나는 자연스레 야시장을 함께 찾았다. 루앙프라방의 야시장은 푸시산 아래 노천 형식으로 매일 새롭게 열린다. 곳곳에서 온 소수민족들이 손으로 수놓고 짠 작은 공예품이나 옷이 주 상품이다. 불빛 아래 비치는 얼굴들이 가판대와 함께 일렁인다. 아기를 안고 느긋하게 손님을 기다리는 모습에서 반세기 전 한국 시골의 5일 장터를 회상한다. 단단한 나무나 돌로 만든 작은 공예품도 야시장에서는 반짝이는 보물이다. 과일 광주리를 둘러맨 떠돌이 상인의 미소가 푸근하다. 덤으로 얹어주는 인심이 고향 아주머니 같다. 한참을 돌아다녀도 지겹지가 않다. 호객하지 않고 기다리며 웃는 모습이 너무나 순박하다. 편안하게 구경을 하고 손짓으로 흥정을 하는 즐거움이 여행의 기쁨이다. 한 여행지에서 한 가지 기념품만 모으는 그녀와 물건을 고르는 재미도 아름다운 시절의 추억 한 컷이다. 시끌벅적한 시장의 풍경에서 라오스의 앞날을 읽는다. 창창하고 젊음으로 싱싱하다는 인상이 강하다.

호텔 베란다에서 먼 하늘을 바라보니 별이 총총하다. 불현듯 자신을 훔쳐보았다. 지금 내가 서 있는 곳은 어디인가. 내 삶은 어디까지 왔을까. 마음은 무엇을 그리워하고 있는가. 무슨 인연으로 이 멀리 라오스의 한 귀퉁이에서 서성이고 있는가. 모든 것이 아득하다. 삶 자체가 꿈같다. 저 멀리 어린왕자가 살고 있다는 별이 보이는 듯하다. 가족의 얼굴이 떠오르고 함께 여행 온 친구들의 수다가 하늘에서 스러진다. 〈어디서 무엇이 되어 다시 만나랴〉라는 유심초의 노래가 나를 돌아보게 한다.

밤이 깊을수록 별이 반짝인다. 루앙프라방의 깊고 푸른 밤이 어둠 속에 시나브로 익어가고 있다.

힐링의 고향 육신사와 삼가헌

     여행 전날 밤은 잠을 설친다. 십대의 감성
이 아직 살아 꿈틀거려서일까? 대구문인협회 주체로 실시한 대
구명소 톺아보기 행사에 참석하게 되었다. 여덟 코스로 나누어
실시하기에 적절한 코스를 선택하는 데도 한참 망설였다. 고심
끝에 달성군 하빈면에 있는 육신사六臣祠와 삼가헌三可軒 중심으
로 탐방하는 코스를 택했다.

 '진정한 여행이란 새로운 풍경을 보는 것이 아니라, 새로운
눈을 가지는 것이다.' 라는 마르셀 프루스트의 말을 가슴에 안고
달성군 하빈면 묘리 육신사 입구에 들어섰다. 여행이란 힐링이
아닌가. 산뜻한 마음으로 즐긴다고 생각하니 콧노래도 나온다.
한때 소나기가 온다는 예보는 있었지만, 쪽빛 하늘은 더 맑고
사랑스럽다. 어귀에서 삼충각 비석이 먼저 반긴다. 경건한 마음
으로 참배하고 육신사 쪽으로 걸음을 옮겼다.

 묘골은 사육신의 한 분인 취금헌 박팽년의 후손들이 사는 순

천 박씨의 집성촌이다. 반짝이는 햇살이 앞서서 길을 안내한다. 길가에 수백 년의 역사를 안고 차분하게 자리한 고가들이 눈을 시원하게 한다. 골기와 추녀의 부드러운 곡선을 보고 걸으니, 나그네의 마음도 편안하다. 곧게 뻗은 길을 잠시 올라가니 '육신사'라는 현판이 걸린 높다란 외삼문이 나온다. 원래 박팽년 후손이 제사 지내던 사육신 사당 현판은 '절의묘節義廟'였는데 충효 위인 유적 정비사업으로 고 박정희 대통령이 '육신사' 현판을 내렸다고 한다. 예전 것은 안쪽에, 새것은 입구에 걸게 되었다.

계단 위에 자리한 홍살문 아래에 섰다. 홍살문은 문짝 없이 문 가운데가 텅 비어있고, 권위와 신성을 상징하는 '붉은색의 화살이 꽂힌 문'이란 뜻이다. 육신사의 홍살문은 다른 곳과 다른 두 가지 특징이 있다. 하나는 횡목 상부(13개)와 하부(11개)의 홍살 개수가 다른 것이고, 다른 하나는 재질이 나무가 아니라 콘크리트로 된 것이다. 이는 육신사 자체가 박정희 대통령 때 충효 위인 유적 정비사업으로 조성되었기에 당시에는 모두가 콘크리트로 만들어졌다고 전해진다.

천천히 태고정으로 걸음을 옮겼다. 이 정자의 특징은 오른쪽은 팔작지붕이고 왼쪽은 맞배지붕과 부섭지붕으로 지어진 특이한 지붕 형태이다. 정면에 '태고정太古亭'이란 현판은 석봉 한호의 글씨이고, 옆에는 비해당 안평대군이 쓴 '일시루一是樓'라는 현판이 나란히 걸려 있는 것도 새롭다. 단정한 해서체의 한 획

한 점마다 쓴 사람의 정신이 살아있는 듯 힘차면서도 단정하다. 정자에 앉아 내려다보니 첩첩이 이어진 옛집들이 말없이 과거를 지키고 있는 듯하다.

중앙에 우뚝 선 육각비가 눈에 확 안긴다. 하단에는 여섯 마리의 거북이 받쳐있고 상단에는 열두 마리의 용들이 절의를 지킨 신하를 호위하는 형상의 비석이다. 이곳이 처음에는 사육신 중 박팽년만 모셨으나, 오랜 세월이 흐른 후 박팽년의 후손이 기일에 잠깐 잠이 들었는데, 꿈속에서 여섯 충신이 사당 밖에서 서성거리는 꿈을 꾸게 되었다. 깜짝 놀라 다시 제수를 더 장만하여 다른 다섯 분도 함께 제사를 지내는 것으로 바뀌었다고 한다.

육신사를 내려오면서 곰곰 생각에 잠겼다. 한편으론 부럽기도 하고, 안타깝기도 했다. 육신사라고 하면 사육신 모두를 모신 곳이 아닌가. 달성군 하빈면 묘리는 순천 박씨의 집성촌이기에 다른 다섯 분의 유적은 거의 볼 수가 없다는 것이다. 현재의 자리도 후손인 박준규 전 국회의장이 수만 평의 땅을 희사하였기에 지금의 모습을 갖추게 되었다.

내려오는 길에 취금당 후손이 거주하는 한 고택에 들어갔다. 교직에서 정년을 맞고 화초 가꾸기에 심혈을 기울이고 계신 분이 살고 있었다. 시원한 매실차 한잔에서 주인의 넉넉한 마음을 엿볼 수 있었다. 사방에 온갖 화초가 웃고 있었다. 스물한 종류의 백합을 일열로 세운 화분을 가꾸는 모습에서 달인의 경지를 생각하게 되었다. 토담 아래 붉게 익은 앵두는 모처럼 시골 고향의 정취를 느끼게 해 주었다. 참가한 문인들 입에서 새콤달콤하게 터지는 앵두 맛에 얼굴이 모두 하회탈이 되었다.

달성 삼가헌으로 들어가는 길은 개망초가 지천으로 손을 흔든다. 집을 지키고 있는 후손이 입구까지 직접 마중을 나왔다. 삼가헌三可軒은 박팽년의 11대손 성수공의 호이다. 묘골에서 파회로 분가하여 초가에 살다가, 12대손 광석공이 초가를 헐고 지금의 안채와 사랑채를 지었다고 한다. 안채에서 마흔 명이 넘는 손님에게 얼음이 동동 뜨는 시원한 차까지 내어놓았다. 얼음 위에 뒤뜰에서 딴 스피아민트 잎이 운치와 향을 더하니 후덕한 안주인의 심성도 느낄 수 있었다. 대문에 걸려있는 '도덕과 평화'라는 패를 보았다. 아니, 이럴 수가? 나중에 알아보니 부부의 이름이라고 한다.

사랑채에는 '예의염치효제충신禮義廉恥孝弟忠信'이라는 유려한 전서체의 현판이 나그네 마음을 숙연하게 한다. 이 글은 조선시대의 명필인 미수 허목이 쓴 글이라고 한다. 오른쪽에는 목각에 세로로 새긴 행초서도 눈길을 끈다. 글씨는 지금 후손의 부친인 박병규 서예가의 글씨였다. 나도 서예 공부를 조금 했다고 자부해 왔건만 한두 글자를 읽지 못했다. 후손에게 묻고야 뜻을 새길 수 있었다. '심청문묘향心淸聞妙香' '오묘한 향기로 마음까지 맑아지네.'라는 뜻으로 당나라 두보의 시 〈대운사찬공방 4수〉 중 한 구절이다. 두 글에서 삼가헌을 지키고 살아가는 후손들의 삶의 방향도 짐작할 수 있었다.

별당채인 하엽정荷葉亭은 '파산서당'이란 현판과 함께 사랑채 왼쪽 쪽문으로 연결된다. 뜰 앞에 아담한 연못이 운치를 더하고 있다. 이 연당은 본채를 지을 당시 흙이 필요하여 그 흙으로 집을 짓고 파인 자리를 꾸며 연을 심었다. 하엽정이란 이름도 여기서 유래된다. 아직 꽃이 필 시기가 아니라서 활짝 핀 연꽃은 보지 못했지만, 쑥쑥 뻗은 연잎에서 싱그러움이 풍긴다. 둥근 연못이 아니라 하늘과 땅을 상징한다는 의미로 네모로 만들어진 것이 이색적이다.

오늘 여정은 시간이 멈춘 공간을 여행하는 길이다. 길을 따라 바람이 전하는 소리를 듣는다. 풀잎이 치는 소리도 즐긴다. 조상의 숨과 얼이 배어있고, 어제의 삶을 돌아보고 내일 살아갈 삶을 비추어 주는 것이 여행의 묘미이다. 선인의 문화유산 속에 어떤 추억이 묻어 있는가를 찾아 여행하는 것이 진정한 내 삶의 힐링이 아닐까.

춘양구곡을 품다

　　봉화 춘양구곡을 들어보았는가? 봉화! 이름만 떠올려도 가슴이 설렌다. 전날 밤은 선잠으로 뒤척였다. 사십 년도 훌쩍 지난 시절 사범대학을 졸업한 내가 첫 발령을 받은 지역이 아닌가. 4년 동안 짙푸른 자연에서 순박한 학생들과 울고 웃으며 젊음을 불태운 곳이다. 오늘 탐방 일정을 찬찬히 훑어보았다. 예전에는 아무 배경지식도 없이 찾아다니던 냇가이다. 마음 밭 밑바닥에 숨어있던 지난날의 그리움이 스멀스멀 피어오른다. 평생 내 글쓰기의 자양분이자 뿌리가 된 마음과 시간의 고향이다.

　　조선 시대 구곡문화는 무이천武夷川 위의 아홉 구비를 설정하면서 만든 주자의 무이도가武夷櫂歌를 받아들이면서 시작되었다. 그중 춘양구곡은 경암 이한응이 태백산에서 발원하여 춘양면과 법전면을 흐르는 운곡천 9km에 걸쳐 설정한 구곡원림이다. 춘양면을 지난 물길이 남으로 흘러 낙동강까지 길이가 100리라고 한다. 맑은 물의 근원이 그만큼 깊고 길다는 의미이다. 예로부터 춘양은 태백산의 빼어난 기운을 받아 다른 고장보다 신령하고 청정한 지역으로 꼽힌다. 이한응 선생이 이 멋진 곳을 어찌 구곡으로 설정하지 않을 수 있겠는가.

제1곡부터 차근차근 탐방하기는 어렵다. 이한응 선생이 설정한 당시와 같은 자연환경이 존재하지 않기 때문이다. 세월이 흐르고 지형이 변해 정확하게 알 수가 없다. 산을 깎고 둑을 쌓고 물길을 돌려 예전의 흔적을 오롯이 찾기가 어려운 곳도 많다. 쉽게 접할 수 있고 형태가 비교적 잘 보존된 곳을 중심으로 돌아보기로 했다. 아쉽지만 몇몇 굽이만 살펴보기로 여정을 잡았다.

춘양 전통시장에 인접한 한수정寒水亭을 찾았다. 춘양구곡 중 춘양면 의양리에 있는 제8곡이다. 30도를 오르내리는 무더운 날씨라 찾는 사람이 없고 조용하다. 이름 모를 새소리와 개 짖는 소리가 나그네를 반긴다. 이곳은 충재 권벌이 세운 거연정居然亭이란 정자가 있었던 자리지만, 정자가 소실된 후 권벌의 손자 권래가 건물을 세우고 이름을 한수정이라 지었다. 한수정이란 찬물과 같이 맑은 정신으로 공부하라는 의미에서 지은 이름이다. 곡曲에는 원래 물길이 있어야 하건만 지금은 물길이 돌려지고 제방이 들판을 막아서 당시 풍경을 그려보기가 어렵다. 춘양 사람들에게는 아주 소중한 곳이라고 하지만 짙푸른 녹음만 정자를 감싸고 있다. 대문이 잠겨 들어가 보지 못하고 담 밖의 너럭바위에 올라 안을 살펴보았다. 퇴락한 건물과 물이 없는 연못 둘레엔 이끼 긴 석축만 세월의 무상함을 전해주는 듯 아련하다. 세월이 더 흐르면 어찌 될까 하는 안타까움에 발길을 쉽게 돌리지 못했다.

9곡 중 으뜸으로 꼽는 사미정四未亭으로 걸음을 옮겼다. 주차장에서 내려 걷는 길 왼편으로 삼포가 줄을 지어 나그네를 반긴다. 사미정 안내판이 나타난다. 춘양구곡 중 제2곡이다. 들머리에 서니 사시사철 맑은 물이 천천히 흐르는 법전면의 사미정 계곡이 시야에 펼쳐진다. 조선 중기 선비인 옥천玉川 조덕린이 지은 정자가 언덕 위에 우뚝하다. 그는 당쟁에 휘말려 여러 번 귀양살이했다. 1725년 함경도 종성으로 귀양을 가면서 유배를 마치면 고향으로 돌아가 정자를 짓겠다는 계획을 세운다. "내가 종성으로 유배된 지 3년, 그해가 정미가 되고, 그해 6월이 정미가 되며, 그달 22일이 정미가 되고, 그날 미시가 또한 정미가 되었다. 음양가는 이런 날을 존중하여 만나기 어렵다고 했다." "내 어찌 무엇을 기대하겠는가. 사람은 태어나면서 시간의 흐름에 쫓겨 잠시도 반성할 틈이 없네. 그러다가 홀연히 어떤 계기로 깨달음이 있으면 대야나 그릇에 문구를 새기거나 건물에 이름을 붙여 틈틈이 볼 때마다 경계로 삼아 잊지 않으려고 하는 것이네. 공자나 성인도 그런 적이 있는데, 하물며 우리와 같은 소인이 어찌 경계할 바를 잊을 수 있겠는가."라는 정자 이름의 연유가 「사미당기四未堂記」에 기록되어 있다. 이는 옥천 선생이

겸손한 자세에서 출발하기 위해서이다. 번암 채제공의 친필로 알려진 '四未亭'이란 단아한 현판 글씨가 눈에 확 들어온다.

사미정 담을 돌아 아래로 내려가니 아름다운 산천이 펼쳐진다. 잡초가 우거진 비탈을 내려가 물가로 간다. 강바닥 전체가 넓고 평평한 바위다. 넓적하고 불규칙하게 움푹 파인 바위 위로 옥 같은 물이 쉼 없이 흐른다. 사미정에서 바라보는 이 풍광은 춘양구곡에서 가장 손꼽힌다. 일행 중 누가 먼저라 할 것 없이 너도나도 신을 벗고 발을 담근다. 시원하고 맑은 기운이 정수리까지 전해온다. 무더위에 지친 심신이 삽시간에 맑아진다. 눈을 감고 잠시 상념에 잠긴다. 그 옛날 옥천 선생도 여기 앉아 발을 담그고 마음을 다스리며 군자의 도를 생각하지 않았을까. "인간의 도리를 깨우친 성인도 늘 부족하다고 하셨는데 우리는 어찌해야 하는가?"라는 물음으로 끝없는 사색에 잠겼을 것이다. 건너편 숲이 초록으로 안긴다. 티 없는 쪽빛 하늘도 오늘과 다르지 않았으리라. 갑자기 주위가 조용해진다. 고요 속에서 물소리만 가슴에 울린다.

세상살이가 너무 탁하다. 나라를 위해 일한다는 위정자들의 말이 늘 공허하다. 삶의 깊이가 갈수록 팍팍해진다. 국민을 위한다는 정치인의 말은 허공에 사라진다. 그저 제 밥그릇 챙기기에 급급하고 특권의식만 가득한 관료들은 언제쯤 사라질까? 당리당략에 얽매이지 않고 국민만 위해 고민하고 배려하는 날이 오면 얼마나 좋을까? 우리 국민의 정신적 수준이 많이 성숙했건만 아직도 만족할 결과를 가져오지 못하고 있다. 오늘 같은 날 사미정 아래에서 '군자가 가져야 할 4가지 도'를 얻으려고 노력한 옥천 선생의 뜻을 위정자들이 알고 실천했으면 하는 간절함도 품어본다.

제2곡 사미정에서 1km 정도 상류에 올라가면 왼쪽에는 옥계정이 있고 오른쪽 개울 건너편에 10m 높이의 큰 바위가 있다. 녹음에 가려져 잘 보이지 않지만, 이곳이 제3곡인 풍대風臺이다. 원래 이곳은 풍대 홍석범이 학문을 가르친 어풍대御風臺가 있었지만, 언젠가 사라지고 이한응 선생 당시에는 이미 없었다고 한다. 물가에 쪼그리고 앉아 열심히 바위 모양을 찾았지만, 소나무 참나무들이 무성해 풍대의 모습은 또렷이 볼 수가 없다. 아쉬움만 안고 다음 굽이를 찾아 발길을 돌린다.

춘양구곡의 제6곡은 쌍호雙湖이다. 법전면에서 춘양면으로 들어가는 운곡천 들머리에서 고개를 들면 삼척봉을 만난다. 짙푸른 소나무로 덮여 있어 봉우리가 잘 보이지 않는다. 삼척봉 아래에는 선대의 유업을 이은 남양 홍씨 연주정戀主亭을 만난다. 이한응의 시에서 제6곡의 경관을 잘 나타내고 있다. '들판의 산은 삼척봉이고 두 개의 호수는 쌍호이다.' 예전에는 물길과 호수가 두 개 있었다고 전해지지만, 지금은 흔적도 찾을 수 없다.

오늘 탐방한 춘양구곡은 봉화 춘양에 은거하였던 선비들이 구곡문화를 누렸던 굽이다. 그중에서도 퇴계 학풍을 이어온 문인들이 춘양의 아름다운 자연에서 구곡문화를 노래한 의미 있

는 굽이였다. 지금은 세월 속에 하나둘 잊히고 사라지기에 안타
깝다. 잘 보존하고 후세에 전해야 할 문화적 자산이지만 퇴락해
가는 현실이 씁쓸하기만 하다.

문수전文殊殿 봄을 두드리다

세상은 온통 연둣빛이다. 횡성휴게소에서 바라본 능선에는 새잎으로 단장한 봄이 절정이다. 오대산 상원사 참배 길이다. 십여 년 전 이맘때 직장동료들과 다녀온 후 처음이다.

주차장 옆에서 금빛 글씨로 적멸보궁 문수 성지라고 음각이 된 큰 바위가 먼저 반긴다. 깊은 산속이라 공기가 상큼하다. 고즈넉한 숲길은 참배객들의 수런거림에 화들짝 깨어난다. 걱정 없이 뻗은 나무들이 숲길을 호위하고 길섶에는 앙증맞은 야생화들이 눈길을 끈다. 다섯 개의 하얀 꽃받침 잎을 펼친 바람꽃, 클로버 닮은 네 개의 노란 꽃잎을 흔드는 피나물, 꽃이 홍자색으로 종달새 머리 깃을 닮은 현호색이 눈을 맑게 한다.

입구에서 두 갈래로 길이 나누어진다. 돌아가지만 비스듬한 평지로 난 길과 가깝지만, 가파른 돌계단으로 이어진 길이다. 힘들지만 '번뇌가 사라지는 길'이란 명패가 붙은 돌계단을 선택했다. 초파일을 앞두고 달아놓은 연등이 양쪽에서 힘을 돋운다. 마지막 계단을 오르니 화려한 전각이 오층석탑을 안고 눈앞에 우뚝 선다. 문수전이다.

상원사는 조선시대 세조가 문수동자를 친견한 일화로 문수신앙의 성지로 알려진 절집이다. 피부병을 치료하기 위해 세조가 상원사 계곡에서 몸을 씻다가 지나가는 동자에게 등을 밀어달라고 했다. 목욕 후 몸이 날아갈 듯 가벼워진 세조가 기뻐하며 동자에게 임금의 몸을 씻었다는 말을 하지 말라고 하니, 동자도 빙긋이 웃으며 대왕도 문수보살을 친견했다는 말을 말라하며 홀연히 사라졌다고 한다. 놀란 세조가 주위를 돌아보니 어느새 자기 몸이 깨끗이 치유된 것을 알았다는 이야기가 전해진다.

문수전에는 문수동자와 문수보살을 모시고 있다. 국보인 문수동자상은 양쪽으로 묶은 동자 머리에 옷차림은 전형적인 보살상 자세이고, 문수보살상은 섬세한 불꽃무늬 보관을 쓰고 오른손에 연꽃 가지를 들고 있는 독특한 형태로 된 보물이다. 독경하는 스님 옆에는 참배객들이 정성 들여 소원을 빌며 절한다. 참배하는 내 마음도 덩달아 경건해진다. 문수전은 천장 풍경이 색다르다. 다른 절의 천장에는 연등이 달렸지만, 여기는 작은 부처님 조각상에다 개인의 발원문을 붙여 놓았다. 아름답고 귀한 모습이 아기를 위한 모빌 같다. 이 또한 깨달음의 지혜를 통해 중생을 구제하려는 문수보살의 사랑이 아닌가.

문수전 뜰의 오층석탑을 내려다보았다. 건너편 능선에서 숲 기운이 확 밀려온다. 멀리서 그리고 가까이서 내뿜는 숲 냄새가 짙다. 석탑 양쪽으로 늘어선 연등이 마음을 환하게 한다. 연등 속을 걸으며 잠시 생각에 잠긴다. 평화롭고 아늑하다. 문득 한 고승의 일화가 떠오른다. 한국전쟁 때 1.4 후퇴 할 즈음이었다. 국군은 월정사와 상원사가 적의 소굴이 된다고 판단했다. 월정사를 불태우고 다시 상원사에 올라와 불태우려고 했다. 그때 한암 스님이 법당에 들어가 불상 앞에 정좌하고 불을 지르라고 했다. 국군 장교가 "스님이 이러시면 어떡합니까?" 하니, 한암 스님은 "나는 부처님의 제자요. 법당을 지키는 게 나의 도리니 어서 불을 지르시오." 했다. 감동한 국군은 문짝 하나만 태우고 철수했다고 한다. 이 스님이 없었다면 우리가 어찌 오늘 상원사의 참모습을 볼 수 있겠는가. 스님의 높은 수행력에 저절로 고개가 숙여진다.

상원사에서는 한국에서 가장 오래된 종을 만날 수 있다. 옛날의 종은 유리문 안에 보존하고, 바로 옆에 똑같은 종을 만들어 놓았다. 종 바닥에는 참배객들이 복을 비는 의미로 던진 동전으로 어지럽다. 천천히 돌면서 표면을 살펴보았다. 문수동자와 비천상의 모습이 또렷하다. 구름 위에서 옷자락을 휘날리는 모습이 아찔하다. 왼쪽 비천상에는 공후箜篌, 오른쪽 비천상에는 생笙을 연주하는 정경이 너무 섬세하고 아름다워 살아있는 것 같다. 가만히 비천상에 손을 대고 눈을 감았다. 은은한 악기 소리가 가슴에 전해온다. 종 머리에는 한 마리의 용과 연꽃이 조각된 음통이 붙어 있다. 장엄하게 울리는 종소리는 어떨까? 타종 시간이 아니라 아쉬움만 남는다. 저녁 예불시간 오대산 깊숙이 맑은 종소리가 춤을 추면 산짐승도 벌레들도 모두 깨달음에 빠지지 않을까도 생각한다.

이 절의 물은 지혜수라고 한다. 쪽박에 든 물이 거울 같다. 내 얼굴이 비친다. 한 모금 넘기니 가슴속까지 서늘하다. 많이 먹으면 지혜롭게 살 수 있지 않을까? 욕심에 몇 번이나 꿀꺽꿀꺽 마셨다. 정산 쪽에서 적멸보궁을 다녀온 참배객이 서너 명 내려온다. 진신사리를 경배하고 오는 길이라 표정이 맑다. 오대산 최고봉인 비로봉까지는 여기서 한 시간 반 거리이다. 마음으로는 적멸보궁만이라도 다녀오고 싶지만, 여건이 되질 않아 아쉽다.

하산하는 걸음은 가볍고 경쾌하다. 올라올 때 보지 못한 나무들과 인사를 한다. 하늘만 보고 곧게 자란 전나무들이 부럽다. 삼십 년 전에도 구도회求道會와 인연으로 상원사에 들렀다. 철없는 시절이었지만 그날이 그립다. 지나간 날들은 모두 아늑하고 아름답다. 인연에 의해 만났고 운명에 따라 헤어졌다. 독실한 불자는 아니지만, 절에 오면 항상 경건함에 빠진다. 돌아보고 반성하는 마음을 가진다. 세상은 갈수록 복잡해지지만 단순해지련다. 함께 오게 된 인연을 돌아보고 오늘을 누림에 감사드린다. 길섶의 얼레지가 하늘을 우러른다.

바람 따라 구름 따라
- 내설악, 오대산 순례 기행기

어디론가 훌쩍 떠난다는 것은 언제 생각해도 가슴 설레는 일이다. 특히 도시 문명 속에서 늘 되풀이되는 생활과, 직장생활로 얻은 스트레스에서 잠시 해방되어 대자연 속에 몸을 던져 일상을 잊는 기분이야 어찌 나만이 겪는 즐거움이겠는가?

평소 안면이 있는 L 양의 권유와 내설악과 오대산 속에서 헤매고 싶은 나의 욕심이 맞아떨어져 구도회求道會에서 주관한 '내설악, 오대산 사암 순례' 라는 행사에 옵서버로 참여하는 기회가 생겼다. 아직 이렇다 할 내 나름의 뚜렷한 종교관을 가지진 못했지만, 여러 행사에 참여해 견문을 넓히는 기회도 되고, 또 이런 순례 행렬에 동참하게 된 것이 어쩌면 불가에서 늘 말하는 인연에 의한 것이라고나 할까?

첫째 날.

모처럼의 장기 산행 여정에 설레는 심정을 선잠으로 새우고, 연한 회색 연막탄을 뿌린 듯한 짙은 안개가 깔린 거리 동쪽으로 붉은 물이 들기 시작하면서 아침이 열리고 있었다. 새벽 6시에 출발한 일행이 원주, 홍천, 인제를 지나 8시간 정도 걸려서 도착한 곳이 내설악 관문인 강원도 인제군 북면 용대리 백담사百潭寺!

민족시인이자 승려요, 독립운동가인 만해 한용운 선생이 오랜 세월 기거하시던 곳.

"님은 갔습니다 / 아아 사랑하는 나의 님은 갔습니다 / 푸른 산빛을 깨치고 단풍나무 숲을 향하여 난 작은 길을 걸어서 차마 떨치고 갔습니다 (후략)"

그 유명한 「님의 침묵」을 탈고한 이곳. 설레는 마음으로 만해 선생의 자취를 더듬으며 난생처음으로 맞는 여러 가지 예불 의식에 어리둥절할 뿐이었다. 마침, 내가 하루 묵을 방이 예전에 만해 선생님께서 거처하시던 곳이라는 한 스님의 자상한 얘기를 들었다. 새삼 학창 시절 졸업논문으로 「'님의 침묵'에 대한 일고一考」라는 글을 작성한 나로서는 참 묘한 인연에 잠시 숙연한 마음을 감출 수 없었다. 문득 우리 국문학사의 큰 별인 춘원 이광수 선생과 만해 한용운 선생 두 사람에 관한 지나간 한 일화가 생각난다.

1930년대 초반. 일제의 탄압이 절정에 이르자 많은 저명인사가 변절했다. 그중 춘원이 변절해서 이름을 일본식으로 바꾼 소식을 전해 들은 만해는 "춘원, 그 사람 아주 생각이 짧군 그래. 사천 년이나 끌어온 민족이 그래 아주 망할 것 같은가? 그 사람 꽤 재주가 있는 성싶더니 이제 그만 미쳤군!" 이라고 했다는 일화가 전해지고 있다. 꿈속에서라도 혹시 만해 선생을 뵐 수 있을까 하는 기대는 선잠 속에서 사라지고, 둘째 날 여정 코스인 봉정암鳳頂庵을 향한 새벽이 밝아오고 있었다. 간밤 내내 내린 비로 어제 저녁에 건너왔던 백담사 앞 개울의 나무다리가 떠내려가 버렸다. 할 수 없이 바지를 둥둥 걷고 몇몇 분들과 함께 물이 얕은 상류 쪽으로 올라가서 건넜다.

둘째 날.

오늘의 목적지인 봉정암까지는 약 11km. 수천 년의 비경을 간직한 채 태고시대의 얼굴 모습을 그대로 간직한 계곡. 돌 하나 풀 한 포기에도 원시의 신비가 싱싱하게 살아 있는 백담계곡을 걷는다. 골짜기 골짜기마다 흐느끼는 듯 울부짖으며 부딪치는 물소리가 제일 먼저 반긴다. 풀잎 위에 구르는 바람 소리에 귀 기울이고, 여기저기 무심히 자리한 너럭바위 하나에도, 물살에 확 파인 물속 바위를 감도는 물결도, 나그네에게 무엇인가 얘기를 해 주며 무언無言의 웃음을 씽긋 짓는다. 계절보다 조금 일찍 예쁘장하게 물든 단풍잎 몇 장 물살 따라 흐르는 모습을 보노라니, 속세가 아닌 어느 무릉도원의 세계에서 내가 거니는 듯한 착각에 빠지게 한다. 명경明鏡보다 더 맑아 한 번씩 내려 볼 때마다 마음속 생각까지 투명하게 비치는 푸르스름한 계곡 물빛. 뽀얀 물보라 날리며 내리쏟는 폭포의 울부짖음. 한 걸음 한 걸음 쓰다듬어 올라갈 때마다, 대자연 앞에 선 인간의 왜소함과 인간이 미미한 존재임을 절감하게 해 준다. 한 고개를 감아 돌면 마치 날카로운 작두로 깎아 자른 듯한 미끈하고 험준한 바위가 죽순처럼 솟아 구름을 뚫고 하늘을 찌르고 있고, 그 골짜기를 감돌며 내리쏟는 물줄기의 서늘함이란 천상의 세계에서 노니는 기분이었다. 눈을 들어 건너편 숲을 보면, 아무 근심 없이 수백 년을 살아와 쭉쭉 뻗은 각선미를 한껏 자랑하는 울창하고 짙푸른 노송들의 천연자연림. 푸른 숲을 헤쳐 가는 산행은 우리의 마음까지 파랗게 물들이고 있었다. 잠시 휴식을 취해보면 울창한 솔숲 사이 언뜻언뜻 내비치는 새파란 하늘, 근심 없이 살짝 피어나는 한 조각 흰 구름. 진정 설악산은 그 품에 한번 안긴 사람이라면 누구든지 영원히 사랑하지 않고는 못 배기게 만드는 산이라고 하는 이유를 겪어 본 사람이면 알 수 있으리라. 여덟 시간 남짓 더듬어 올라가면서 인간 본연의 순수하고 소박한 마음에서 소요逍遙하였다.

봉정암에 도착하니 하오 4시. 도중에 한 회원의 실종으로 다시 한 시간 정도 내려가서 어렵게 찾아오는 촌극을 빚기도 했지만, 세파에 찌든 인간의 마음을 정말 순수하게 씻어준 비경의 계곡길이다. 진정 여건이 허락하면 언젠가 꼭 다시 한번 찾고 싶은 백담계곡의 절경이여!

봉정암에서의 저녁 행사는 왼쪽으로 굽어 감도는 돌계단을 한참 올라가 산 정상에 우뚝 솟은 사리탑에서 진행되었다. 조금 전까지만 해도 오락가락하던 비구름이 어느 틈에 말끔히 사라지고 하늘에는 초롱초롱한 별님들이 어느 때보다 가까이서 우리의 마음속을 환히 비추어 주고 있었다. 부처님의 진신사리를 모셔놓은 이 사리탑에서의 저녁 명상 시간은, 구도자가 아닌 그어떤 사람이라도 부처님의 덕과 엄숙한 말씀이 인간의 뇌리에 깊숙이 스며드는 무엇을 느낄 수 있었으리라! 행사가 끝나고 일행들은 거의 내려간 사리탑 앞. 몇 명만이 남아서 별이 총총히 박힌 밤하늘을 우러러보며 저마다의 깊은 사색에 잠겼다. 솔바람 한 자락 지나가니 인간이 가진 온갖 추함과 잡됨이 말끔히 씻겨 가는 것 같았다. 오직 대자연이 주는 순수함과 영원함 속에서 천심天心과 불심佛心과 인심人心이 혼연 융합된 순일純一의 경지를 소요逍遙하는 기분이었다. 영원히 그 자리에 앉은 채로 하나의 돌이 되고 싶은 아쉬움과 미련을 뒤로 한 채 내일 일정에 쫓겨 잠자리에 들었다.

셋째 날.

봉정암을 출발한 지 약 1시간 반. 설악의 최고봉인 대청봉大靑峰에 앉았다. 동으로는 아득히 펼쳐진 동해의 수평선이 아스라이 보이고, 사방으로 눈에 걸릴 것이 없는 일망무제一望無際의 운해雲海와 수해樹海!

　태고太古 이래로 얼마나 많은 사람들이 이 봉우리에 올라, 인생을 생각하고 예술을 얘기하고 종교를 사유思惟하였겠는가? 일행들과 기념 촬영을 하고 다시 천불동千佛洞 계곡으로 하산하기 시작하였다. 여기서 천불동 계곡을 따라 희운각 산장, 귀면암, 비선대를 거쳐 외설악 입구인 신흥사까지는 약 7-8시간 걸리는 거리다. 두어 시간쯤 하산하여 희운각 산장에서 점심을 해 먹고 나니 빗방울이 듣기 시작하였다. 조금 있으니 곧 눈앞을 가로막는 굵은 빗줄기. 조심조심 계곡 사이를 내딛는 무거운 발걸음. 양쪽으로 깎아지른 절벽의 절경을 감싸안고, 계곡 아래엔 으르릉거리는 물소리의 굉음. 내리붓는 빗줄기 속에 피어오르는 비안개와 물안개의 조화를 완상玩賞하며 걷는 기분을 어찌 짧은 필력의 형용사로 다 표현하겠는가? 이태백이 아니라도 감성이 충만하면 한 잔의 곡차穀茶를 놓고 이 절절한 심경을 토하련마는, 다만 다물지 못하는 입만을 가진 이 둔재鈍才의 허허虛虛한 심정! 누군가 얘기하기를 금강산이 수려하기는 하되 웅장한 맛이 없고, 지리산이 웅장하기는 하되 수려하지는 못한 데 비해, 설악산은 웅장하면서도 수려하다는 말이 굳이 공룡능선이나 화채능선을 등반하지 않더라도 이 천불동계곡에서 깊이 느낄 수 있었다.

　비선대를 거쳐 신흥사新興寺에 도착하니 어언 저녁 8시경. 어렵게 저녁을 먹고 잠자리에 누우니 몸은 피곤하나 정신은 더욱 또렷하여 쉽게 잠을 이룰 수가 없었다. 밖으로 나와 앉아 개울 건너 겹겹이 펼쳐진 먼 산의 원시림을 바라보며 잠시 생각을 정리하였다.

대학 써클 후배인 J 양과의 조우遭遇도 묘한 인연이었다. 그녀와의 몇 마디 대화 속에서 한 인간이 진정 인간답게 사는 것이 어떤 것인지가 절실히 생각이 났다. 한 꺼풀의 껍질을 벗지 못하는 인간의 비극(?). 어쩌면 가장 쉬울 것 같기도 하지만 가장 어려운 자유인自由人의 자세. 위선, 자만, 가식, 체면, 현실, 이상…. 이런 상념의 타래 속에서 이리 뒤척 저리 뒤척 전전輾轉하다가 다음 날을 맞았다.

넷째 날.

오늘로써 설악산 일정을 끝내고 다음 목적지인 오대산으로 향했다. 대관령 굽이굽이 돌아가는 도중 신사임당 시비를 볼 수 있었다.

"慈親鶴髮在臨瀛 身向長安獨去情 回首北平時一望 白雲飛下暮山靑"

(늙으신 어머님을 강릉에 홀로 두고 외로이 서울길을 가는 이 마음 돌아보니 북촌은 아득도 한데 흰 구름만 저문 산을 날아 내리네)

오대산이란 이름은 원래 '다섯 개의 봉우리를 가진 불교의 성산'이라는 뜻이다. 그러나 이름의 유래는 신라 때 월정사를 창건한 자장율사가 자신이 중국에서 수도했던 우타이산五臺山과 닮았다고 해서 오대산이라고 불렀다고도 전해진다. 대부분 기암괴석으로 이루어진 강원도 다른 산과 비교해 오대산은 구릉형 산세에다 골마다 숲이 우거져 남한 최대의 수림樹林을 자랑하는 산이다.

오대산 월정사月精寺의 팔각구층석탑과 여러 보물들을 본 뒤 여기서 8km 떨어진 상원사로 향했다. 내설악 비경秘境을 보고 난 뒤라 어지간한 산세나 물은 눈에 들어오질 않았다. 인간이란 원래 이렇게 간사한 것일까? 평소 같으면 감탄사가 계속 나올 아름다운 경치를 보고도 이리도 무감각하다니. 사실 오대산의 단풍은 색상이 진하고 뚜렷한 것이 특징이다. 특히 월정사에서 상원사에 이르는 8km의 전나무 숲길은 10월 중순이 되면 단풍 순례길이라고 할 만큼 장관이라고 한다. 그러나 지금은 아직 녹음이 한창인 7월 말. 두어 달 있어야 단풍 순례길을 감상할 수 있을 것이다. 국보 제36호 상원사 동종은 신라 성덕왕 때의 것으로 우리나라에서 가장 오래되고 아름다운 종이다. 신라시대 종으로 경주의 에밀레종과 함께 꼽는다.

상원사에서 약 3.5km 떨어진 부처님의 진신사리를 모셔놓은 적멸보궁寂滅寶宮을 접견하고 내려오는 길은, 벌써 어둠이 조금씩 내리깔리고 있었다. 맨 뒤쪽에 서서 터벅터벅 걸어오는 우리 일행은 마침 벌을 치는 어떤 아저씨의 트럭 뒷간에 동승同乘할 수 있는 친절을 입을 수 있었다. 갈수록 메말라 가는 세태 속에서도 훈훈한 인간미를 한껏 느끼게 해 준 순박한 산골 아저씨의 마음속에서 부처님의 마음을 읽을 수 있었다. 이날은 오대산장 여관에 여장을 풀었다. 저녁 식사는 우리 K 조장님의 엄명으로 피로에 지친 심신을 보충하고자 모처럼 외식을 하게 되었다. 숙소와 가까운 서울식당에서 곡차 한잔을 앞에 두고 K 조장님의 재치와 익살로 우리는 배를 움켜쥐고 박장대소拍掌大笑하며 즐거운 시간을 가졌다.

이제 이틀만 지나면 헤어진다는 아쉬움에 너무 아쉽다. 만나면 헤어지는 게 인생의 정리定理지만 인간의 정이란 이렇게 끈끈하고 진한 것일까?

다섯째 날.

새벽부터 굵은 비가 내리붓고 있었다. 구보로 월정사까지 가서 아침 예불을 마치고 예정에도 없던 소금강으로 향하였다. 소금강小金剛! 이름 그대로 작은 금강이란 뜻으로 역시 오대산 국립공원 안에 있었다. 좋은 음식을 맛보고 나면 다른 어지간한 음식은 눈에 차지 않는 것처럼 내설악을 먼저 답사한 뒤라 내 눈에는 모든 것이 시큰둥하기만 하였다.

다시 마지막 목적지인 등명 해수욕장으로 걸음을 옮겼다. 바닷가 솔숲 옆 방가로에 여장을 풀고 백사장에 앉으니 그동안 쌓인 심신의 피로가 파도 소리와 함께 말끔히 씻겨 가는 것 같았다. 내일이면 헤어진다는 아쉬운 마음을 안고 밤 해변에서 베풀어진 레크리에이션! 저마다의 가슴을 활짝 열어놓고 젊음을 불태우고 있었다. 그리고 밤이 익어가자 절규하고 광란하고….

여섯째 날.

아침부터 해변에는 파도가 산더미처럼 밀려오고 있었다. 여태껏 바닷가에서 본 어떤 파도보다도 더 높게 춤추고 있었다. 이 세상의 모든 것을 쓸어 가려는 듯, 인간의 온갖 허례와 가식과 위선과 자만을 깔아버려 물거품으로 만들려 하는 흰 파도가 눈부시게 춤을 추고 있었다. 홀연 청마 유치환 님의 「그리움」이란 시가 떠오른다.

"파도야 어쩌란 말이냐 / 파도야 어쩌란 말이냐 / 임은 물같이 까딱 않는데 파도야 어쩌란 말이냐 / 날 어쩌란 말이냐"

아침부터 둘러앉은 백사장에서 파도에 홀려버린 몇몇 회원은 간을 안주 삼아 곡차穀茶를 음미하고 있었다.

"한 잔 먹세그려. 또 한 잔 먹세그려. 꽃 꺾어 산 놓고 무진무진 먹세그려.(중략)"

송강 정철의 「장진주사將進酒辭」가 아니라도 11시쯤 떠날 무렵에는 20여 병의 곡차穀茶병이 백사장을 뒹굴었고, 가슴속에는 새로운 음모가 진행되고 있었다. 하루만 더 주유周遊하다가 가자고. 까짓것 이왕 온 김에 가까운 원주에 들러 치악산雉岳山 구경을 하고 가자고 몇 명의 회원이 마음속으로 선동하고 있었다. 진정 위대한 카타르시스 주酒와 파도의 유혹이리라!

본진 일행이 탄 전세버스를 배웅하고 우리는 원주로 향했다. 밤늦게 치악산에 도착하여 어렵게 민박을 정했다. 오늘이 마침 주말이라 피서객과 행락객이 굉장히 많이 와 있었다. 저녁 식사를 마치니 자정이 조금 넘어 있었다. 곡차를 즐기지 못하는 체질 탓에 나는 일행보다 앞서 1시 반쯤 잠자리에 들었다.

일곱째 날.

아침에 일어나니 또 비가 억수로 퍼붓고 있었다. 이번 여정旅程에서 장마는 피했지만 자주 쏟아지는 비는 피할 수 없었다. '이런 빗속에 치악산에 올라갈 수 있을까?' '차라리 어제 집으로 가면 좋았을걸.' 하는 생각도 들었다. 그러나 주사위는 이미 던져진 것! 다행히 아침식사를 하고 나니 하늘이 언뜻언뜻 조금씩 파란 얼굴로 웃고 있었다.

치악산 구룡사龜龍寺에 들러 치악산과 구룡사에 얽힌 전설을 듣고 산행은 포기한 채 발걸음을 돌렸다. 치악산 이름은 원래 적악산으로 불렸다. 그러던 것을 치악산의 남쪽 남대봉 언저리의 상원사에 전해 내려오는 '꿩의 보은 설화'로 인해 치악산으로 불리게 되었다고 한다. 원주 시내에 들러 그 유명한 원주 통닭의 진수眞髓를 음미하고 대전으로 향했다. 일행이 다시 대전

계룡산으로 가기로 한 것이다. 누구든 집을 벗어나면 이런 무대책의 방랑벽이 발동하는 것일까? 갑자기 집에 두고 온 아내와 아이 얼굴이 떠올랐다. 여러 가지 생각을 해 보다가 일행들과 작별을 고했다. 다시 평범한 일상의 직장인 자세로 돌아온 것이었다. 저녁 9시 28분 대구행 통일호 열차에 몸을 실었다.

차창 속에서 이번 7일 동안의 여정을 곰곰이 되돌아보았다. 피곤함에 지친 눈을 감고 있으니 온갖 상념想念이 꼬리를 문다. 일주일 동안 지고 다닌 배낭에 기대어 자신을 한번 훑어보았다. 깎지 못한 텁수룩한 수염, 때 묻은 옷차림, 하지만 마음만은 맑고 더욱 산뜻했다.

이번 산행이 나 자신을 다시 한번 돌아볼 수 있는 계기가 되었고, 삶에 대한 재충전의 기회가 되었다는 점을 느꼈다. 불교에 대한 관심과 인연이 조금 더 깊어진 점과, 그리고 인생에서의 만남과 헤어짐, 종교와 인생 이런 것들을 뒤섞어 생각해 보았다.

1987. 7. 20.~26.까지의 여정

물, 바람, 원시림의 보고寶庫
- 울릉도를 다녀와서

　　　　　이번 교직원 하계 연수 장소가 울릉도로 정해지기까지는 교무실 내에서 약간의 논란이 있었다. 늘 가던 제주도와 설악산 쪽을 희망하신 선생님들의 반응으로는 울릉도엔 숙박시설이 너무 열악하다든지 관광할 것이 별로 없지 않느냐는 얘기였다. 사실 울릉도는 11년 전인 1989년도에 직원 연수를 다녀왔었다. 그 당시 성인봉까지 다 답사한 터라 별로 가고 싶은 마음이 없는 선생님도 많았었다. 그러나 그동안 긴 세월이 흘렀고 새로 오신 선생님들을 포함한 다수 선생님의 추천으로 장소는 정해졌다.

　　천혜의 자연관광지요, 오징어와 호박엿의 섬! 그리고 향나무와 원시림, 희귀수목稀貴樹木의 보고寶庫인 울릉도. 순박한 섬, 색시의 미소를 간직한 동해의 비경秘境 울릉도!

　　문득 청마 유치환님의 「울릉도」라는 시 한 구절이 떠오른다.

동쪽 먼 심해선 밖의
한쪽 섬 울릉도로 갈거나
금수로 굽이쳐 내리던
장백의 멧부리 방울 뛰어
애달픈 국토의 막내
너의 호젓한 모습이 되었으리니

7월 20일 오전 10시. 카페리 쾌속선인 썬플라워호는 승용차 30여 대, 승객 800여 명을 태우고 오늘의 목적지인 울릉도를 향해 평균 시속 82㎞로 포항 부두를 미끄러지듯이 빠져나갔다. 물결은 잔잔하고 반짝이는 햇살 조각이 눈부시게 출렁이는 쪽빛 하늘을 물들인다. 뱃전에 부서지는 하얀 물거품만이 끝없이 펼쳐진 수평선을 향하여 마치 고요한 빙판 호수 위에서 춤추는 인형처럼 미끄러지고 있다.

사방은 아무리 둘러보아도 점 하나 보이지 않는 망망대해茫茫大海. 멀리 수평선을 응시하면 사물이 정지한 듯 보이지만, 가까이 고개를 돌리면 수상스키를 즐기듯 쭉쭉 뻗어나가는 썬플라워호. 육지에서는 주위에 여러 가지 건물도 있고 해서 빠른 속도감이 나지만, 이 바다에선 사방에 아무것도 없는 수평선을 안고 달려가니 시속 80㎞ 이상이지만 속도 감각이 거의 없다. 잠깐 눈을 붙이는가 했는데 어느새 배는 도동 항구로 접어들고 있었다. 11년 전엔 울릉도와 가장 가까운 거리에 있는 후포에서 출발해도 4시간이나 걸렸었다. 그러나 오늘은 500여 리(217㎞)나

되는 가장 긴 코스를 불과 3시간 만에 도착하였다. 시계를 보니 이제 겨우 오후 1시를 가리킨다. 일기가 쾌청하고 바다의 물결은 모두 숨을 죽이고 쾌속선도 마음껏 실력을 발휘한 덕분이리라.

'대동장'에 숙소를 정하고 오후 첫 일정으로 섬 일주 유람선 관광을 하게 되었다. 유람선 관광은 도동항에서 출발하여 북쪽으로 섬 전체를 한 바퀴 돌면서 바다에서 감상하는 울릉도 관광 코스인데 약 2시간 30분이 소요된다. 이 유람선 관광의 특징은 배가 떠나면서부터 수많은 갈매기 떼가 선상 위로 따라와 관광객이 던져주는 과자를 받아먹으며 선상 향연을 벌이는 것이었다. 이 갈매기 떼들은 오징어 같은 해산물은 먹지 않으면서 오직 새우깡 같은 스낵 과자를 유난히 즐겼다. 때로는 높이, 때로는 승객 머리 위에 바짝 붙어 날아오르면서 오직 던져주는 과자를 쪼아먹는 데 열중하는 환상적인 장관을 연출하였다.

에메랄드빛 바닷속이 너무도 투명한 죽암 앞바다. 맑은 물과 빼어난 경치에 빠진 세 선녀가 하늘로 올라갈 시간을 놓쳐 옥황상제의 노여움을 사서 바위로 변했다는 전설과 기이한 모습을 바닷속에 감추고 있는 삼선암의 자태!

깎아지른 듯한 절벽, 그리고 울창한 숲, 바다에서 조망眺望하는 울릉도의 풍경은 작열灼熱하는 태양 아래 눈부신 알몸을 부끄러운 듯이 조금씩 언뜻언뜻 내비치는 숫처녀의 신비로움 그 자체였다. 삼면으로는 바위섬 하나 없는 아득한 수평선. 어느새 배는 서서히 죽도竹島를 바라보며 저동항을 거쳐 다시 도동항으로 돌아오고 있었다. 그러자 신기한 일이 벌어졌다. 그때까지 정말 끈질기게 따라오던 갈매기들도 도동항 입구에 접어들자 모두 다 사라져 버리는 것이 아닌가? 이 갈매기들의 모습에서 너무나 관광객에게 길든, 달면 삼키고 쓰면 뱉어 버리는 인간사가 생각나는 것은 나의 지나친 비약일까? 문득 서글픈 감정이 왈칵 밀려온다. 누가 저 갈매기들의 순수하고 자연스러움을 빼앗아 갔단 말인가? 인간만이 아니라 자연의 모든 것이, 문명의 발달이라는 미명美名 아래 도리어 진정한 자유와 순수함이 하나 둘 사라져 가는 이 아이러니한 현실!

저녁 식사를 마치고 도동항 우측으로 바다와 기암절벽을 안고 도는 산책로를 찾았다. 폭 1m 남짓하게 이어진 산책로 옆으로는 10여 m 이상의 바닷물 속이 훤히 내려다보인다. 맑다 못해 시퍼렇게 일렁이는 물속 풍경. 아찔한 현기증을 일으키면서도 한편으론 풍덩 뛰어들고 싶은 야릇한 충동을 느끼게 해 준다. 왼쪽의 길과 연결된 절벽에는 화산 특유의 화산재로 이루어진 바위벽이 울퉁불퉁 질서 없이 생긴 여러 가지 모습으로 우리를 더욱 환상의 세계로 안내해 준다. 그 바위 틈새 움푹한 곳에 둥지를 틀고 가만히 앉아 밤을 새우는 괭이갈매기들의 모습! 새삼 육지를 떠나 멀리 동해의 한 점 고독한 섬에 와 있다는 느낌을 실감할 수 있었다. 시원한 바닷바람을 안고 조심조심 한 발 한 발 옮긴다. 저 멀리 어화漁火의 불빛이 하늘과 맞닿은 양 환하게 불을 밝히고 있다. 오징어잡이 배다. 군데군데 갯바위엔 밤낚시를 즐기는 강태공들의 야광 찌만이 형형색색 빛을 발하며 검푸른 밤바다 위에 또 다른 풍물을 선사하고 있을 뿐이었다. 한 20분쯤 걸었을까? 출입금지 표시가 눈에 들어왔다. 아직 개발 중이기 때문에 더 이상 가지 말라는 것이었다. 가로등도 켜 있지 않고 길이 끝나 있었다. 안내문을 읽어보니 2000년 12월 말까지는 좀 더 멀리까지 산책로가 개발된다고 되어있다.

밤바다의 해변 노천카페에서 벌어진 동료들과의 곡차穀茶 파티. 나름의 결혼관, 인생관, 그리고 꿈과 사랑과 낭만이 초롱초롱 빛나는 밤이다. 하늘의 별과 출렁이는 파도의 속삭임을 안주 삼아 시간이 무르익어 감에 따라, 오가는 맑은 담소도 잊을 수 없는 추억의 순간이리라.

둘째 날.

조반을 먹고 렌트카를 사용해 육지관광 후에 성인봉 등반을 하기로 하였다. 울릉도에는 아직 일주도로가 완공되지 않았다. 근 10여 년 동안이나 일주도로 공사를 하고 있으나 워낙 난코스가 많아서 공사가 잘 진척이 되지 않는다는 것이었다. 그리고 도로를 낼 곳에 화산암으로 이루어진 바위가 많았다. 이 바위를 뚫어 터널을 만들어 도로를 내야 하지만 육지에서처럼 다이너마이트를 쓸 수가 없단다. 왜냐하면 화산암으로 된 바위가 너무 약해서 무너질 염려가 있어서, 일일이 사람이 굴삭기나 다른 기계로 작업을 해야 하기 때문이란다.

　육지관광의 백미白眉는 남양에서 서면 태하리로 넘어가는 일명 '찔끔 고개' 코스였다. 겨우 차 한 대 정도만 다닐 수 있는 좁은 도로. 경사도는 약 30도에서 40도. 굽이굽이 끊어질 듯 이어진 길. 양쪽은 급경사로 절벽처럼 아득한 아찔한 도로였다. 울릉도가 자랑하는 것 중의 하나인 울창한 숲. 하늘을 가리는 원시림이다. 태초의 밀림 같은 원시림을 뚫어낸 길. 별명에서 알수 있듯이 이 험난한 도로 사이를 정말 브레이크 한번 제대로 밟지 않고 지그재그로 곡예 하면서 달리는 것이었다. 여기저기서 자신도 모르게 튀어나오는 감탄사와 함께 온몸이 전율하는 긴장을 맛보았으리라! 고개를 넘을 때마다 새롭게 눈앞에 펼쳐지는 눈부신 비경秘境. 몇 년 전에 다녀온 태평양 한가운데 화산섬인 하와이와 비교해도 조금도 손색이 없고 훨씬 뛰어난 풍광風光을 간직하고 있었다. 정상 부근을 넘어갈 때 펼쳐지는 한 폭의 산수화는 육지에서 느끼는 경치와는 사뭇 다른 매력을 지니고 있었다. 유일한 풍력 발전소 날개 옆을 지나니 낯선 이국땅을 여행하는 기분이 든다. 여름 경치보다는 가을철 단풍이 든 풍경은 세상 어느 곳보다도 뛰어난 환상적인 자태를 보여 준다는 안내원의 말에, 언제 한번 어느 가을에 올 수 있는 기회가 주어지길 마음속으로 바랄 뿐이었다.

　울릉도의 4대 신규 관광지역의 하나인 서면 태하리.

　태하초등학교 옆에 있는 성하신당은 애달픈 사연을 간직하고 있었다. 조선 태종 때에 공도정책空島政策으로 삼척인 안무사 김인우 일행은 주민 모두를 육지로 데려가기로 했다. 병선 2척으로 태하동에 도착하여 그다음 날 출항하려고 했으나 갑자기 폭풍이 불어와서 떠나지 못하였다. 그날 밤 꿈에 해신이 나타나 동남동녀童男童女 한 쌍을 두고 떠나라는 말에 안무사 김인우는 이상하게 생각하면서도 그 해신의 말대로 실천하게 되었다. 한 쌍의 동남동녀에게 필묵筆墨을 두고 왔으니 급히 가져오라고 거짓 심부름을 시켰다. 그들이 빽빽한 삼림 속으로 뛰어가자, 폭풍이 사라지고 곧 배가 쉽게 떠날 수 있었다. 그러나 김인우는 육지에서 그 사실을 잊지 못하고 있다가 수년 후에 다시 찾아오게 되었다. 그때 남겨놓은 동남동녀는 그 자리에서 서로 꼭 껴안은 채 죽어 백골이 되어 남아 있었다. 이에 김인우가 그 외로운 혼을 달래주기 위해 지은 사당이 바로 이 성하신당이다. 그 후 매년 음력 2월 28일에 정기적으로 제사를 지내며 농작이나 어업의 풍년도 기원하고 위험한 해상작업의 안전도 빈다고 한다. 그리고 새로 짓는 배의 진수가 있으면 반드시 태하의 성하신당에 제사를 지내어 무사안전과 사업의 번창을 기원한다고 한다. 신당 문을 여니 둥근 손거울을 옆에 두고 하늘색 바지와 흰 저고리를 입은 눈이 초롱초롱한 소년과, 노랑 저고리에 녹색 치마를 입고 다소곳이 수줍은 듯이 앉아있는 소녀가 나그네를 반긴다. 그 옛날의 전설을 아는지 모르는지 무심하게 참배하는 관광객들 발걸음 소리만이 안내문 주위의 돌자갈 소리 속에 묻힌다. 아름드리 소나무 몇 그루가 그날의 아픈 사연을 안고 묵묵히 눈을 감고 굽어보고 있다.

"울릉도 바닷물이 왜 저렇게 파란지 아십니까?"라는 질문에 "끊임없이 몰아치는 파도와 바위에 자꾸 스쳐서 멍이 들어서 파랗지요."라는 재치 있는 안내원의 우스개. 그러나 실제로는 빛의 일곱 가지 색깔(빨강, 주황, 노랑, 초록, 파랑, 남색, 보라) 중에 다른 색은 바닷물이 다 흡수하고 초록색만 반사해서 색깔이 초록빛을 띤다는 과학 선생님의 설명을 들으면서 차는 나리분지로 향했다.

울릉도에서 유일하게 평평한 지대인 나리분지. 그 옛날 태초에 화산이 폭발할 때 생긴 분화구이다. 이 나리분지는 물이 없어져서 생긴 평평한 지대로 약 40만 평이나 된단다. 나리동의 너와집은 울릉도 개척 당시(1882년)에 있던 울릉도 재래의 집 형태를 간직하고 있는 집으로서 1940년대에 건축한 것이다. 이 집은 4칸 일자집으로 지붕은 너와(소나무 널빤지)로 이었다. 큰 방, 중간방, 갓방은 전부 귀틀 구조로 되어 있는데, 큰 방과 중간방은 정지에서 내굴로 되었고, 갓방은 집 외부에 돌린 우대기를 돌출시켜 별도의 아궁이를 설치하였다. 사방을 돌아봐도 창문은 한 군데도 없으며 사람이 겨우 드나들 수 있는 방문은 일반문틀과는 달리 대나무로 엮었다.

투막집은 너와집과 마찬가지로 전혀 못을 사용하지 않고 통나무와 나무껍질로만 지었다. 그러나 육지와는 달리 형태와 크기가 독특하고 바람과 눈이 많은 섬지방의 기후에 잘 견딜 수 있도록 매우 견고하게 지어져 오랜 세월이 흐른 지금까지도 원형대로 보존되고 있었다.

이 너와집과 투막집의 모습에서 그때의 어려운 생활상을 간접적이나마 엿볼 수 있다. 옛날엔 우리 조상들이 왜 저렇게 좁게 집을 지었을까? 당시의 시대상이나 경제상을 조금씩 느끼게 해 주는 집 구조를 보면 새삼 인간이 인생을 어떻게 살아가는가 하는 의미를 다시금 곰곰 생각하게 한다.

이제 여기서 조금 더 성인봉 쪽으로 올라가면 알궁이다. 알궁은 울릉도의 2차 분화구이다. 앞으로 성인봉 정상까지 약 50분 거리이다. 수정처럼 맑은 약수터에서 목을 축이고 생수병에다 물을 가득 채웠다. 태고의 신비를 간직한 원시림의 물결. 이름 모를 매미와 벌레들이 익어 가는 여름을 아쉬워하는 화음을 감상하면서 정상을 향해 발걸음을 옮겼다. 여기서부터는 제법 가파른 산길이다. 하지만 발걸음은 가볍다. 시원한 바람과, 눈이 시리도록 푸른 녹음이 이끌어주기 때문이다. 능선 길에 접어드니 상큼한 바다가 한눈에 들어온다. 쪽빛으로 수놓은 하늘과 바다가 맞붙어 있어 어디까지가 바다이고 하늘인지를 가늠할 수가 없다.

드디어 성인봉聖人峰 정상. 해발 984m. 1986년 10월 3일, 1.5m 가량의 바위에 한문 행서체로 음각陰刻한 표석 아래 섰다. 성인봉이란 이름은 산의 생김새가 성스러운 사람을 닮았다고 해서 붙여진 이름이다. 좌우로는 미륵산, 초봉, 형제봉, 관모봉, 두리봉, 나리봉 등을 호령하며 동해의 한가운데 홀로 우뚝 높이 솟아서 먼 육지를 흠모하며 바다를 지키고 있다. 고개를 돌려보면 정말 거칠 것 하나 없는 아득한 일망무제一望無際. 무상무념無想無念의 경지다.

여기서 도동까지는 약 2시간 남짓한 거리이다. 준비해 온 간식으로 간단히 요기를 하고 하산 길로 들어섰다. 능선 길을 따라 걷는 재미는 경쾌한 리듬에 맞춘 왈츠 음악에 몸을 싣는다. 가볍게 이리저리 투스텝으로 내려가면 지루함도 잊어버리고 쉽게 내려갈 수 있다. 가끔 리듬을 잃거나 브레이크를 잡지 못해 미끄러지는 불상사도 나오기도 하지만. 성인봉 주변의 원시림은 무려 650여 종의 식물이 서식한다고 한다. 삼나무, 섬피나무, 너도밤나무, 우산고로쇠 등 목본류가 19종, 초본류가 22종이나 자생하고 있어 울릉도 식물 학술연구에 귀중한 자료가 되고 있다. 곳곳에서 서식하는 나리꽃은 울릉도 어디에서나 볼 수 있다. 나리분지뿐만이 아니라, 산비탈에서부터 평지 주변 그리고 일주도로 군데군데 어디 없는 곳이 없다. 빛깔은 매력적이고 곱지만 그 속에 독이 있다고 설명해 준다. 불그스레한 꽃이 까만 점과 함께 어우러져 부끄러운 듯 다소곳이 고개 숙이고 있다. 수줍은 섬 색시의 순수한 마음을 간직하고 있는 양 아늑하고 포근한 마음을 갖게 해 준다. 한참 내려오니 앞이 탁 트이고 바다를 관망하며 쉴 수 있는 팔각정이 나타난다. 내려오는데 마음이

급하여 제대로 경치를 완상玩賞하지 못했지만 이 정자에서 바라보는 바다는 한 폭의 그윽한 산수화였다.

칡차를 끓여 파는 아주머니 옆에서 발걸음을 쉬었다. 피로 회복과 갈증 해소에 특효가 있다는 울릉도 칡차. 도동에서 직접 물을 지고 와서 천궁 더덕과 함께 끓인다는 말에 모두 한잔하고 싶었지만, 주머니 사정으로 그냥 내려와 버렸다. 갑자기 앞서가던 동료가 무릎이 시큰시큰하다고 앉아서 잠시 휴식을 취한다. 경사가 완만하지 않고 제법 가파른 길을 오래 내려왔기 때문에 관절에 무리를 준 모양이다. 오후 2시 조금 넘어 숙소에 도착했다.

저녁 회식은 근처에 있는 상록식당에서 홍합덮밥으로 피로에 지친 몸과 마음을 보충했다. 해녀들이 직접 따온 싱싱한 홍합에 각종 야채를 섞어서 짓는 밥으로 비린내가 없으며 시원한 오이냉채와 함께 먹는 독특한 맛이었다. 밤에는 바람이 굉장히 심하게 불었다. 혹시 태풍이 오는 것이 아닐까? 내일 뭍으로 나가는 배가 뜰 수 있을까 없을까? 이리저리 뒤척이다가 새벽이 다 되어서야 잠이 들었다.

셋째 날.

아침에 일어나니 어젯밤 그렇게 심하게 불던 바람이 조금은 수그러진 듯 조용하다. 창문 밖으로 싱싱한 새벽을 여는 사람들이 분주하게 움직이는 모습이 눈에 뜨인다.

오늘 일정은 먼저 봉래폭포로 향하였다. 저동 해안에서 약 2km 지점인 주사골 안쪽에 있는 폭포로서 50-60m의 층계를 이루고 있어 일대 절경을 이루고 있다. 성인봉에서 내려오는 물줄기가 굽이굽이 흘러내려 3단으로 떨어지는 폭포이다. 이 울릉도에도 저런 규모의 폭포가 있었나 싶을 정도로 웅장하였다. 안내인의 설명에 따르면 이 폭포에서는 하루에 약 2400t 정도의 물이 쏟아지는데 그중 1200t 정도만 식수로 사용하고 있다는 것이었다. 길 좌우로 삼나무가 군락을 이루어 폭포까지 약 40분 정도의 길이 조금도 지겹지 않았다. 길목 중간지점에 '풍혈'이라는 천연 에어컨이 있었다. 그곳에 들어서니 직경 약 50㎝ 정도의 바위구멍에서 서늘하고 차가운 바람이 불어 나오고 있는 것이었다. 이는 지하수맥으로부터 불어 나오는 바람이 외부온도와의 차이로 여름철에 시원한 바람을 뿜어내고 있어 풍혈이라고 한다. 바위틈으로 평균 섭씨 4도 정도의 시원한 바람이 끊임없이 나오고 있었다.

다시 약수공원을 거쳐 청마 유치환 시비, 안용복 장군 충혼비, 그리고 향토사료관과 독도 박물관이 있는 곳으로 발걸음을 옮겼다. 이 박물관 옆에는 1998년 7월에 설치해서 운행하기 시작한 케이블카가 있었다. 케이블카를 타고 망향봉에 오르니 온 세상이 다 내 손안에 들어온 기분이다. 귓가를 스치는 거센 바람이 모든 세상사를 쓸어가고 오직 눈앞에 보이는 것은 안개와 구름과 바다와 하늘뿐! 저 멀리 포말 속에 독도가 있다고 한다.

쾌청한 날에는 육안으로도 관찰이 된다. 하지만 오늘은 물안개 때문에 잘 보이지 않는다. 번잡한 세상의 모든 일을 잠시 잊어 버리고 천상의 생활을 순간이나마 즐겼지만, 또 속세로 내려오고야 마는 현실. 산뜻하게 단장된 독도 박물관에서 다시 한번 독도가 지정학적으로 중요한 위치란 사실과 우리 국토의 소중함과 사랑을 가슴속에 뼈저리게 느꼈다.

오징어와 호박엿의 섬으로 유명한 천혜의 자연관광지! 수천 년 된 향나무와 원시림의 절경, 희귀수목稀貴樹木의 보고寶庫인 울릉도. 순박한 섬 색시의 미소를 간직한 동해의 비경秘境 울릉도! 뱀, 도둑, 공해가 없고 향나무, 물, 미인, 바람, 돌이 많아 3무無 5다多의 섬!

풍랑은 조금 있었지만, 오후 2시 출발 썬플라워호는 예정대로 포항을 향해 긴 고동을 힘차게 울리고 있었다.

2000. 7. 20.~22.까지의 여정

견딜 수 없는 사랑은 견디지 마라

KTX열차 차창으로 빗살무늬처럼 번지는 빗방울을 바라보며 출발한 시간은 아침 9시 정각이었다. 흐르는 물처럼 떠도는 바람처럼, 살아가는 자유와 행복과 무병장수를 꿈꾸며 살아가는 풍류인. 국제문학바탕문인협회가 주최하고 전라남도 화순군에서 열리는 '김삿갓 탄생 200주년 기념 풍류대전' 에 참석하기 위해 대전행 열차에 몸을 실었다. 대전에서 L회장님을 비롯한 대전지역 문우님, 그리고 강원지부 회원들과 합류하여 서울에서 출발한 본진 일행이 탄 전세버스에 12시 조금 지나 동승을 할 수 있었다.

개막식이 열리는 화순군민회관 입구에는 우리 회원들의 낭만과 정서가 녹아든 시화 액자들이 단정하고 맑은 얼굴로 전시되어 있었고, 많은 주민과 참여 문인들의 숨결이 여름 더위보다 더욱 짙게 열기를 내뿜고 있었다. 한 치의 오차도 없이 진행되는 개막식 행사는 '풍류 선언문 낭독' '김삿갓 일대기 소개', 축하공연으로 진행된 '한량무' '인도 전통악기 연주' '소프라노 독창' '진도북춤' 등이 행사를 더욱 살찌게 도와주었고 '김삿갓 시낭송'에 이어 민용태 교수님의 '풍류도 특강'을 통해 모두가 시나브로 풍류인이 되고 있었다.

언제 어디서나 어울리기를 좋아하고, 자연과 사람, 만남과 어울림을 통해서 즉흥과 대화가 이루어지고 집단창작이 이루어지기를 바라는 풍류인! 자신이 독자이고 독자가 자신이 되는, 모든 것이 완성된 것보다는 그 완성을 향하여 살아가는 과정, 창작되는 과정과 즐기는 과정으로 행복한 예술세계를 지향하는 풍류인의 자세!

달맞이 흑두부식당에서의 만찬은 모처럼 만난 문우들과 부딪치는 술잔들 소리가 도곡 밤하늘의 별들을 더욱 반짝이게 하는 시간이었다. 약간 달짝한 동동주 한잔과 곁들인 흑두부 버섯찌개와 보쌈, 식당 중앙에 지금도 자라고 있는 느낌을 주는 아름드리 팽나무의 위풍과 아름다움. 수몰 지역에서 직접 견인하여 식당 내부에 장식하고 나서 건물을 지었다는 주인의 설명을 듣고 모두가 야외의 큰 정자나무 아래에서 식사하는 분위기로 한층 아늑한 자연 속에 빠진 정취에 잠겼다.

도곡온천관광호텔 525호실에 H 편집주간님, S 시인님과 여장을 풀었다. 고즈넉한 온밤이 풀벌레 소리와 익어가고 있을 즈음, H 주간님이 며칠 전 도서관에 들렀다가 복사해 오셨던 자료라며 심심하면 읽어보라고 건네주신 프린트물 자료집.『견딜 수 없는 사랑은 견디지 마라』라는 제목의 서정윤 시인이 편찬한 시 해설집이었다. 작품마다 붙은 시인의 해설보다 아찔한 제목에 더욱 매료되었다. 갑자기 이 견딜 수 없는 사랑이 우리 문학바탕에 대한 절절한 사랑이 아닐까 생각되었다. 어디서 솟아나는 지도 모를, 끊임없이 분출되는 활화산의 용암 덩어리 같은 열정과 용기로 행사를 주관하고 이끌어가는 K 대표님의 문학바탕을 사랑하는 정신, 그리고 그 패기와 사랑에 감동을 받고 온갖 어려움 속에서도 묵묵히 이끌어 가시는 L 회장님과 여러 문우들의 문학바탕에 대한 사랑! 이런 사랑이야말로 견딜 수 없는 사랑이라도 절대로 견디지 말아야 할 사랑일 것이다.

둘째 날. 새벽은 어디선가 솔솔 풍겨오는 산더덕 냄새 같은 여명이 창을 두드리기도 전에 햇살이 지천으로 누운 개망초의 허연 꽃송이에 앉아 그네 타며 시작되고 있었다. 광주에서 온 눈망울이 유난히 해맑고 아름다운 아가씨 P 화순문화 해설사의 동승으로 김삿갓 발자취 따라가는 둘째 날 순례 투어가 막을 열었다.

아직 일어서지 못하고 있는 와불臥佛이 바로 서는 날 세상은 뒤집어져 농민들이 사는 여기가 서울이 되어 새로운 세상을 열게 된다는 전설과, 하루 낮 하룻밤에 만들어야 하는 공사가 힘겨운 동자승이 그만 닭 울음소리를 낸 탓에 공사를 하던 천인들이 모두 하늘로 날아가 버려 미완의 공사로 그치고 세상의 중심도 되지 못했다는 아쉬운 전설의 성지 화순 운주사!

천불 천탑으로 이루어졌다는 운주사! 독특한 양식으로 부처님을 모신 감실이 있는 석조불감. 바위에 느긋이 기댄 석불. 그리고 원형으로 이루어진 다층석탑을 뒤로하고 산 중턱에 올라 참배한 누워있는 두 부처님. 운주사를 찾는 사람들은 누구든지 이 와불을 세우려고 했다는 속설이 전해진다. 소설 속 장길산도 〈아제 아제 바라아제〉의 영화 속에서도 그러했건만, 나란히 누워있는 두 부처님은 예전이나 지금이나 솔바람과 풍경소리를 안고 그 옛날처럼 말없이 하늘만 바라보고 독경 소리를 듣고 계셨다.

세계문화유산으로 등록된 화순고인돌군은 아쉽지만, 시간이 모자라 차창으로만 살짝 둘러보고, 아름다운 모후산에 포근히 안긴 사찰음식으로 이름난 비구니스님의 절집인 유마사를 찾았다. 마침 화순 군청에서는 몇 해 전부터 모후산을 '숲 가꾸기 시범지역'으로 선정하여 산림욕을 할 수 있는 숲길 조성과 더불어 '숲 나무 솎아주기'로 산이 새롭게 태어나고 있었다. 군수님과 따라 걸은 숲길 체험을 통해 심신을 더욱 맑고 깨끗하게 씻어낼 수 있었다. 신을 벗고 깨끗한 실내화로 갈아 신어야만 근심을 풀 수 있는 해우소를 가진 유마사에서의 점심 공양은 소박함과 깔끔함, 정결함의 결정체였다. 산뜻하고 풋풋한 야채와 담백한 산나물 비빔밥은 도시에서 찌든 위장을 새롭게 채워 주었다.

난고 김병연 선생이 생을 마감한 종명지에는 김삿갓 선생을 기리는 비석과 화순지역을 시로 읊은 친필비석이 아직 복원을

다 마치지 못한 기와집 앞에 자리 잡고 있었다. 몇 년 후에는 새롭게 단장을 마칠 예정이란다. 수령이 약 1300년이라는 야사 은행나무는 어른 대여섯 명이 두 팔을 벌려야 안을 수 있을 만큼 크고 오래된 나무였다. 원래 은행나무는 암수가 서로 마주 보고 있어야 수정하여 은행을 맺는 나무이다. 하지만, 이 은행나무는 수나무를 근처에서 찾아볼 수도 없건만 매년 많은 양의 은행을 수확하여 작년에는 약 7가마니의 은행을 땄다고 동네 어른이 자랑하신다. 수나무가 없는데 어떻게 은행이 열렸을까 궁금하여 여쭈어보니, 은행나무 옆의 개울에서 그림자만 보고 수태를 한다는 과학적으로는 도저히 해석이 불가능한 신비한 설명도 곁들여 주신다.

드디어 오늘의 마지막 순례지인 적벽을 찾았다. 적벽이 시작된다는 물염 적벽에는 얼마 전에 복원 단장한 물염정이 우리 문인들을 첫 손님으로 반갑게 맞아주었다. 세상 어느 것에도 물들지 않고 살겠다는 선비의 단아한 의지가 집 이름이 된 물염정勿染亭. 정자 앞쪽에 한 줄로 줄을 선 김삿갓 시비에는 한문과 한글로 음각을 해 놓았고, 대리석으로 조각된 김삿갓 동상 앞에는 기념 촬영으로 발걸음이 분주하였다.

구비구비 비포장 산길을 감고 돌아 올라가 도착한 화순적벽이다. 기묘사화 후 동복에 적거 중이던 최신두가 중국의 적벽에 조금도 모자랄 것이 없다고 하여 적벽이라고 이름 지어지고, 시선인 김삿갓이 여러 차례 적벽 선경에 떠날 줄 모르고 끝내는 이곳에서 신선이 되었다고 전해오는 화순 적벽! 지금은 화순의 젖줄이 된 동복호가 산자락을 감싸고 펼쳐진 적벽이 아닌가. 수몰 주민들의 한을 달래기 위해 적벽을 바라보고 날아갈 듯이 지어진 정자 망향정에서는 문인들의 즉석 백일장이 열렸다. 마침 판소리 동편제의 명창인 송순섭 선생의 〈적벽가〉 소리 한 자락을 듣는 영광도 누리면서, 소리 속에 잠겨 글을 짓는 문인들의 모습은 그 자체가 신선이 되고 학이 되어 허공을 훨훨 날아다니는 느낌이었다.

'임술지추에 칠월기망이라. 소자범주유어 적벽지하할세. 청풍은 서래하고 수파는 불흥이라. 거주속객하고 송명월지시할세…. 백로는 횡강하고 수광은 접천이라….' 소동파의 「적벽부」가 귀를 통해 눈앞에서 펼쳐진다. 새삼 적벽이 눈에 들어온다. 잠시 하늘과 물과 절벽에 취해 백일장 시상을 가다듬는다.

화순군 절경 따라 문학바탕 기행길
밤마다 신선들이 멱 감고 시를 읊던
적벽강 푸른 물 따라 우주가 입질하네

백아산 감아 돌다 숨 한번 고르더니
운주사 석불 미소 문우들 어깨 치고
동편제 소리 한마당 적벽산이 껑충 뛰네
- 「적벽강 입질하다」 신형호

비껴가는 햇살이 산허리를 감고 물그림자로 비칠 무렵 백일장도 끝나고 '김삿갓 탄생 200주년 기념 풍류대전'도 적벽강 아래로 잠겨 들고 있었다. 문학바탕이라는 배를 타고 항해한 풍류대전을 가만히 눈을 감고 생각해 보았다. 학창 시절 김삿갓의 시를 처음에는 재미있게 접하다가 그의 일생과 시가 수록된 책을 구입해 읽고는 한없이 안타깝게 생각한 일. 우리의 인생은 바람처럼 구름처럼 실려 가는 삶이니 자유와 행복을 꿈꾸며 살아가야 한다는 것이 오늘 벌어진 풍류대전의 주제이다. 이 모든 것이 수억 년 전에 이미 정해진 것이 아닐까? 내가 이 자리에 있는 것도 문학바탕을 만나 인연을 맺고 많은 문우와 정신적인 정과 교감을 나누게 된 것도….

홀러가는 물처럼, 떠도는 구름처럼 살아가는 것이 우리네 인생이다. 말없이 하늘을 담고 우주를 담고 있는 저 적벽의 물이 섭리대로 고였다 흘러가듯 우리네 삶도 순리대로 살아가라는 자연의 가르침이 핏줄 속에서 콸콸 솟아 나온다. 갑자기 뭉클해진 심장 소리에 눈가에서 알 수 없는 눈물 한 방울이 소리 없이 구르고 있다. '견딜 수 없는 사랑은 견디지 말아라'는 섭리가 가슴 속을 스쳐 간다.

2007. 07. 21.~22.
김삿갓 탄생 200주년 기념 풍류대전 참관기

5부

창의성과 시험문제
- 신문 연재 칼럼

'나'보다 '우리'를 생각하면서

계절의 흐름은 누구도 거역할 수 없나 보다. 얼마 전까지만 해도 세상은 온통 새 생명의 물결로 흔들리며 찬란한 봄을 노래하였건만, 요즈음은 수은주가 연일 27, 8도를 오르내리는 여름의 문턱에 들어서고 있으니 말이다. 하늘은 하루가 다르게 해맑아졌고, 온 산천을 불태우던 노랗고 붉은 꽃들의 잔치는 이미 시들해진 계절이다. 아침마다 출근길에 만나는 아파트 담을 환하게 불태우고 있는 덩굴장미만이 초여름의 꽃 잔치로 생명의 환희를 느끼게 해 준다.

하지만 아침마다 펼치는 신문을 보면 왠지 모르게 가슴이 답답해지는 것은 또 어쩐 일일까? 연일 보도되는 정치권의 비리 사건과 IMF 이후 해마다 침체의 늪에서 벗어나지 못하는 경제를 생각하면 머릿속은 정말 혼란스럽기까지 하다. 이러다간 남미의 어떤 나라처럼 되는 것이 아닐까 하는 걱정소리가 여기저기 들려오고 있다.

그러나 요즈음은 이런 경제적 여건보다 갈수록 가치관의 혼란에서 벗어나지 못하고 있는 사회현상이 더 큰 문제이다. 현실에서 부딪치는 이런 어려움은 무엇으로 설명할 수 있을까? 나이가 지긋하신 어른들이 이런 말씀을 하시는 것을 듣는다. '옛날이 지금보다 살기가 훨씬 좋았다.' 국민소득 20,000불대로 진입한 경제 규모로 생각하면 누구도 선뜻 이해할 수가 없는 말이다. 현대문명의 최첨단을 자랑하는 휴대폰이 없으면 잠시도 생활할 수 없는 젊은이들이 듣기에는 더욱 이해할 수 없는 말이다. 하지만 그분들의 말을 조금만 깊이 생각해 보면 그 참뜻을 알 수 있게 된다. 그리고 거기서 우리 사회가 겪는 어려움을 이겨 낼 해결책도 찾을 수 있다고 본다.

　누가 어떤 말을 하더라도 오늘날은 풍요의 시대이다. 생활이 윤택해지고 문명의 혜택도 더 많이 누리고 있다. 그러나 여기서 우리가 잊고 살아온 중요한 무엇이 있다. 조금 더 잘 살기 위해 지나친 경제성장만을 강조해 온 결과, 우리 사회는 어느새 이기주의와 물질만능주의 풍조가 세상을 지배하게 된 것이다. 오직 나만 잘 살면 된다는 사람들이 출세하고, 돈으로 모든 것을 해결하려는 세상이 되었다. 이런 생각이 우리 사회를 좀먹게 한 가장 큰 원인으로 자리한 것이다.

　누가 경제적 풍요를 나쁘다고 하겠는가? 하지만 그것으로 인해 사라져 버린 우리 사회의 훈훈한 인정, 그리고 남을 배려할 줄 아는 마음, '나'가 아니라 '우리'라는 공동체 의식이 사라진 것이 가장 큰 문제가 아닐까? 이런 미덕이 자꾸만 밀려나는 현실이기에 예전이 더 살기 좋았다고 어른들은 말씀하고 있는 것 같다.

인간이 잘 산다는 것은 물질적 풍요만으로는 절대로 얘기할 수 없다. 경제적으로는 조금 어렵더라도 사람과 사람 사이 따뜻하고 훈훈한 인정이 살아 있을 때, 우리는 진정 인간다움을 느끼고 잘 산다고 할 수 있을 것이다. '나'를 생각하기에 앞서 '우리'라는 공동체를 생각하는 마음이 앞설 때 우리 사회는 진정한 선진국으로 한발 나아갈 수 있을 것이다.

작은 지혜로 삶을 풍요롭게

　　　　　　　현대사회를 살아가다 보면 여러 가지 어려움이 많이 생긴다. 급변하는 사회에서 경제적인 어려움만이 아니라, 작은 지혜를 발휘하면 벗어날 수 있는 일을 생각이 미치지 못하여 크게 실수하는 경우를 우리는 자주 볼 때가 있다. 다음에 들려주는 이야기 한 토막은 우리에게 작은 지혜가 삶에서 얼마나 귀중한가를 생각하게 해 준다.

　제2차 세계대전이 막바지로 접어들 때의 일이다. 유럽의 연합군과 나치 독일군 사이에는 치열한 첩보전이 벌어지고 있었다. 그 당시 라디오라는 문명의 이기는 폭발적인 위력을 발휘했다. 전쟁에 지친 최전방의 병사들에게 라디오에서 흘러나오는 고향의 이야기는 한없는 향수를 불러일으키게 하고, 무기력증에 빠지게 해서 사기에 막대한 지장을 주고 있었다.

　어느 날 한 수녀에게 독일 내부에 깊숙이 침투해 있는 한 연합군 장교를 무사히 탈출시키라는 명령이 전달되었다. 그 장교는 나치 독일에 의해 지명 수배된 스파이였다. 그 지역에서 오래 살아온 수녀는 그 장교가 누구인지는 쉽게 알았다. 그러나 문제는 장교를 무사히 탈출시킬 방법이었다. 철통같은 독일군의 경비를 벗어나 탈출한다는 것은 거의 불가능했다. 물론 수녀는 종교인이었기에 간단한 절차로 그 지역에서 나갈 수는 있었다. 하지만 그 지역의 성인 남자들은 상부의 허락이 없이는 절대 벗어나기가 어려웠다.

여러 가지 방법을 다 생각해 보았으나 수녀는 방법을 찾을 수가 없었다. 연합군 장교를 탈출시켜 다른 사람에게 인계할 시간이 다가왔다. 밤새 뜬눈으로 지새운 수녀는 하느님께 간절한 기도를 올렸다. 그리고 오늘 저녁에 만나서 탈출하자고 전달했다.

모든 운명은 신에게 맡기고 짙게 깔리는 어둠 속에서 수녀는 연합군 장교를 차 트렁크에 숨기고 탈출을 감행하였다. 나치가 지키는 국경 검문소 근처의 성당 미사에 참석한다는 구실로 출발하였다. 약 한 시간을 달렸을까, 드디어 국경 검문소에 도착하였다. 나치 독일 병사들이 철통처럼 지키고 있었다. 차 안을 검문하던 병사가 수녀에게 물었다.

"수녀님, 당신 혼자이십니까?"

순간 잠시 수녀는 당황하였다. 하느님을 믿기에 거짓말을 할수도 없고, 그렇다고 바른말을 잘못 했다가는 연합군 장교는 물론 자신의 목숨까지 위험해질 수 있는 상황이었다. 그러나 수녀는 미소를 지으며 침착하게 말했다.

"아! 예, 혼자가 아니지요. 우리는 언제나 주님과 함께한답니다."

이 말을 들은 병사는 "아하, 그렇군요." 하고는 크게 웃으며 바리케이드를 열었다.

이렇게 하여 수녀는 연합군 장교를 무사히 탈출시켰다는 이야기가 제2차 세계대전의 한 일화로 전해지고 있다.

이 짧은 일화에서 우리는 참 많은 것을 느낄 수 있다. 재치 있는 수녀의 작은 지혜로 죽음의 수렁에서 한 생명을 살려내는 삶의 맛을 볼 수 있는 것이다. 어렵고 혼란한 사회일수록 작은 지혜로 풍요로운 인생을 멋있게 살아간다면, 그 삶이야말로 진정 복된 삶이 아닐지 생각해 본다.

이웃사촌을 살리자

아이들에게 촌수 관계를 설명해 주다가 갑자기 이런 생각이 들었다. 핵가족 시대가 가속화되고 한 자녀만 출산하는 가정이 점차 늘어만 가고 있으니, 앞으로는 사촌이라는 말도 이해하지 못하는 날이 오지 않을까 하고. 현재 우리나라의 출산율은 어느 선진국보다 더 낮고, 평균수명은 점점 길어져서 머지않아 고령화 사회에 초고속으로 진입한다는 서글픈 소식이 신문마다 장식하고 있다.

언제부터인가 정겹게 들려오던 이웃사촌이라는 말이 점차 사라지고 있다. 우리 민족에게만 찾을 수 있는 미풍양속에서 생긴 이웃사촌. 언제 들어도 푸근하고 사랑스러운 말이다. 그런데 너무나 각박해진 사회현상에서 자연스레 이웃사촌이라는 말이 사라지고 있다.

한 세대만 거슬러 올라가 보면 그 당시에는 한 마을의 주민들이 모두 한 가족처럼 지냈었다. 동네 어른들은 모두 내 부모님

같이 모셨고, 아이들은 내 형제 자식처럼 생각하고 살았었다. 그래서 자연스레 이웃의 기쁨이 내 기쁨이 되고, 이웃의 슬픔이 내 자신의 슬픔으로 여겨지던 시절이었다.

그러다가 문명의 발전과 더불어 사람들의 마음도 점차 각박해졌다. 시골을 떠나 도시로 이주한 사람들은 아파트와 빌라라는 삭막한 공동주택에서 바쁘게 자기 일만 생각하고 살아가다가 보니, 이웃에 누가 사는지도 모르는 일이 다반사로 일어나게 되었다. 이웃사촌이라는 개념이 없어진 것이다.

이웃사촌이 사라진 우리 사회는 너무나 기계적이고 삭막하게 변해가고 있다. 자기 자신의 일만 알고 살아가는 너무나도 고독한 인간으로 바뀌고 있다. 가슴속엔 언제나 시골의 푸근한 인정을 그리워하면서 살아가지만, 현실은 자꾸만 정반대로 변해가고 있는 현실.

개인주의가 극도로 발달하고 사람들과의 만남이 없더라도 컴퓨터라는 사이버 공간에서 게임이나 채팅으로 자신의 정신을 소진하고 있는 현대인들. 이들에게 진정 필요한 것은 따뜻한 마음을 언제든지 공유하고, 아픔이나 슬픔도 함께 나눌 수 있는 이웃사촌이라는 전통 풍습이다.

이웃사촌을 다시 찾아야 한다. 모두가 외로움에서 벗어나고 서로를 아끼고 보듬어 줄 수 있는 정겨운 세상을 새롭게 만들어야 한다. 언제나 살맛 나고 훈훈한 인정을 주고받는 세상을 가꾸어 가야 한다.

우선 나부터 마음의 문을 열어야 한다. 남의 입장을 다시 한 번 생각해 주고 배려하는 자세로 살아야 한다. 너와 내가 아름다운 조화를 이루며, 서로를 이해하고 도와주는 사회가 되어야 한다. 좋은 일은 모두에게 자꾸 전파해야 한다. 모두가 나보다 서로를 생각하고 아끼는 사회가 되면 진정한 이웃사촌이 부활할 것이다.

자 그럼, 사랑스러운 이웃사촌이 되기 위해 자신부터 마음을 열고 사랑의 손을 내밀어 보자.

창의성과 시험문제

현대는 너무나 급변하는 사회이다. 직업의 변화도 매우 심한 편이다. 많은 직업이 사라지고 전혀 생각지도 못한 직업들이 새로 생겨나고 있다. 학생들에게 어떤 직업을 가장 선망하느냐고 물으면 대개 연예인이나 공무원, 의사 등을 원하며, 그중 일부는 바로 신문사나 방송국의 기자가 되고 싶어 한다.

예전에 서울의 어느 신문사 기자 시험에 있었던 일화를 하나 소개해 본다.

일차적으로 서류심사를 통해 합격한 응시생들이 다시 논술시험과 면접시험을 치게 되었다. 논술시험의 마지막 과제는 바로 기사문 작성이었다.

시험이 시작되자 시험관 두 사람이 교실에 들어왔다. 응시자들에게 백지를 한 장씩 나눠주었고 시험문제는 '기사문 작성의 여섯 가지 요소를 서술한 뒤, 어떠한 것이 기삿거리가 될 수 있는지에 대해 논술하라.' 라는 것이었다.

생각보다 쉬운 문제라 나름대로 학교에서 배운 육하원칙에 따라 '누가, 언제, 어디서, 무엇을, 어떻게, 왜' 라는 내용으로 열심히 썼다. 그리고 사회에서 주워들은 내용인 '개가 사람을 물었다는 것은 기사가 되지 않지만, 사람이 개를 물었다는 것은 좋은 기삿거리가 된다.' 라고 쓰고 있었다.

바로 그때 누군가 시험장 문을 세차게 두드려 시험관이 문을 열었다. 한 시험관이 깜짝 놀라며 "아니, 웬일입니까?" 하고 물었다. 한복을 단정히 차려입은 어떤 중년 여인이 들어서자마자 그 시험관의 멱살을 움켜잡고 이렇게 말했다.

"당신이 피하면 어디까지 피할 수 있을 것 같으냐? 나는 내 술값 떼어먹은 놈이 가는 데라면, 저승에까지라도 쫓아가서 받아내는 사람이다."

"아이고, 여기까지 찾아오면 어떻게 합니까? 오늘 저녁에 가서 갚으려고 하던 참인데….."

멱살을 잡힌 시험관은 당황하여 어쩔 줄 몰라 하며 여인을 복도로 끌어냈다.

"삼 년이나 묵은 술값이다. 내 오늘은 꼭 받아낼 거다."

"그동안 집안에 우환이 있어서 병원비를 대느라 그리 되었으니 제발….."

시험관은 통사정하며 멱살을 잡은 여인의 손을 떼려 버둥거리고 있었다. 수위의 도움으로 겨우 시험장에 다시 들어온 시험관은 비뚤어진 넥타이와 와이셔츠 깃을 고친 뒤, 응시자들에게 어색하게 웃으며 사과했다. "제가 워낙 칠칠치 못해서…. 응시자 여러분 소란을 떨어서 죄송합니다."라고.

그러다가 갑자기 정색하더니 이렇게 말을 이었다고 한다.

"방금 이곳에서 일어난 사건에 대해서 5분 안에 기사를 작성해 주기를 바랍니다."

그제야 응시자들은 아차 하고 정신을 차렸고, 그 사건은 일부러 그렇게 연출된 시험이라는 것을 알았다. 그것이 가장 중요한 시험문제인 것을….

이 얼마나 참신하고 산뜻한 문제인가? 무더운 여름날 한 줄기 시원한 청량제 같은 소나기를 맞는 기분이 아닐까? 현재는 무한한 상상력과 창의력이 많이 요구되는 시대이다. 우리가 모두 이런 생동감 있는 문제를 내고, 또 풀어 가는 마음으로 살아간다면 우리의 미래는 언제나 장밋빛으로 환하게 열려 있을 것이다.

'난사람' '든 사람' '된 사람'

　　　　　　　요즘 교육계도 많은 변화를 겪고 있다. 수능성적보다는 내신 위주의 점수를 강화하는 입시제도가 2008학년도부터 시행된다고 해서 교육 현장에는 시험 때마다 성적관리에 바짝 긴장하고 있다. 학생들 사이에도 서로를 입시의 경쟁자로 보고, 참된 우정이 조금씩 사라져 가는 세태가 되어가고 있으니 마음 한구석 씁쓸한 마음 지울 수 없다.

　이런 시점에서 예전에 읽은 세 가지 분류로 나눈 사람의 특성이 생각난다.

　'난사람' '든 사람' '된 사람' 이라는 말이.

　"저 사람은 정말 잘난 사람이야. 저렇게 뛰어난 재주를 가지고 있으니 말이야." 능력 있는 정치가나 경제인이 되어서 세상에 널리 이름이 알려진 사람을 '난사람' 이라고 한다. 인기 있는 연예인이 되거나 한 분야에서 탁월한 재능을 가진 사람을 두고 하는 말이다.

'든 사람'은 남보다 아는 것이 많은 사람을 말하고 있다. 세상살이뿐만이 아니라 경제, 사회, 정치, 예술 등 모든 분야에서 모르는 것이 없을 정도로 폭넓은 지식을 가진 사람을 우리는 '든 사람'이라고 한다. 그중 한 분야만이라도 깊은 지식을 갖춘 뛰어난 사람을 얘기한다.

그러면 '된 사람'은 어떤 사람을 가리키는 것일까? "그 사람은 인간성이 참 좋아." "응, 그 애는 정말 마음 씀씀이가 되었어."라는 말을 종종 듣는다. 이렇게 우리 주위에서 사람 됨됨이가 올바르고 행동거지가 반듯하여 다른 사람의 본이 되는 사람을 우리는 '된 사람'이라고 말한다. 이들은 올바른 인생관과 진실한 삶의 태도를 지니고 살아가고 항상 남을 위해 헌신하려는 정신을 가진 사람들이다. 나보다 우리를 먼저 생각하는 공동체 의식이 투철한 사람들이 모두 이 부류에 속한다고 볼 수 있다.

이 세 가지 부류 중에서 우리는 어떤 사람이 되어야 할지 곰곰 생각해 본다. 물론 세상에 널리 이름이 알려진 '난사람'이 되는 것도 좋고, 한 분야에 탁월한 능력을 가진 '든 사람'이 되는 것도 좋다. 그러나 이런 사람보다는 '된 사람'이 되는 것이 가장 좋다고 생각된다. '난사람'이나 '든 사람'이 되더라도 다른 사람이나 이 사회에 절대로 손해를 끼치지 않는 사람이 되어야 한다. 좋지 않은 일로 세상에 유명해진 '난사람'도 있고, 똑똑하다고 알려진 그 뛰어난 재주를 사회에 유익한 방향에 사용하지 않고 자신의 사리사욕만 채우기에 열심인 '든 사람'들도 많이 생겨나기 때문이다.

'나' 보다 '남' 을 먼저 생각하고 살아가는, '된 사람' 이 많은 사회가 건강하고 진취적인 나라이다. 비록 현실이 대학입시라는 관문 때문에 친구들 사이에 우정도 옅어지고 모두가 경쟁심으로 살아가기 어렵더라도 '된 사람' 이 되려는 마음가짐만 가지면 우리 사회는 한없이 밝게 열려 있다고 볼 수 있다.

잃어버린 꿈을 찾아서

주말 저녁마다 가족들이 함께 시청하는 텔레비전 방송 중에 '사랑의 리퀘스트'라는 프로가 있다. 사실 '리퀘스트'라는 외래어에 조금 거부감이 일어나지만, 내용은 어렵게 살아가는 우리 이웃들에게 사랑의 도움을 요청하고 베풀자는 방송이다.

방송을 보고 있노라면 우리 사회에 어렵게 살아가는 사람이 이토록 많다는 사실에 슬프다기보다 분노까지 치밀기도 한다. 빈부의 차이가 어느 정도 일어나는 것이 자본주의 사회이지만, 얼마 전 통계수치에 나타난 상위층과 최하위층의 소득격차가 무려 수십 배 이상이라는 사실은 우리를 너무나 슬프고 허망하게 한다.

인간은 누구나 꿈을 가지고 살아간다. 아이들에게 꿈을 물어보면, 장래에 어떤 사람이 되겠다고 자신만만하게 자신의 꿈과 포부를 드러내고 얘기한다. 그러나 시간이 지날수록 우리들 가

습속의 꿈은 조금씩 줄어들고, 나이가 들수록 모든 것이 사라져 버리는 느낌이 든다. 물론 아직도 어릴 때의 꿈을 지니고 사는 사람도 있지만 그들은 그 꿈을 좀처럼 드러내지 않는다. 그 꿈을 쉽게 달성할 수 없다는 사실을 점차 알아가고 있기 때문이다.

우리보다 먼저 살아온 사람들도 아마 우리처럼 나이가 들수록 꿈이 작아졌을 것이다. 그리고 우리의 후손들도 이와 비슷하게 삶을 살아갈 것이다. 어쩌면 이렇게 살아가는 것이 우리들의 숙명이라고 볼 수 있다. 그러는 동안 조금씩 성숙해지고 세상을 보는 눈이 현실적으로 변화되고 있다는 것을 의미하기 때문이다. 하지만 아무리 그렇다고 해도 내 마음에는 위로가 되지 않는다.

어린 시절의 그 찬란한 꿈이 왜 이렇게 허무하게 사라져 버린단 말인가? 방송에 나오는 사람들의 어려운 사정을 보면 너무나 안타깝다. 그들도 지난 시절에는 한없이 밝은 꿈을 지니고 살았던 사람이 아닌가?

요즘 현실을 두고 누군가는 꿈이 사라진 시대라고 말한다. 모든 것이 급변하는 사회, 사오정, 삼팔선, 이태백이란 단어가 우리를 슬프게 만든다. 20대 후반 사회에 첫발을 내딛는 젊은이에게 다가오는 것은, 희망찬 직장생활의 첫출발이 아니라 실업이라는 무서운 덫이 먼저 기다리고 있는 것이 오늘의 자화상이다.

그렇다고 여기서 좌절할 수만은 없다. 그럴수록 꿈을 지니고 살아가야 한다. 아직도 가슴속엔 여전히 희망이라는 꿈이 소중히 간직되어 우리의 앞날을 하루하루 비춰주고 있지 않은가? 지난날 꿈이 능력과 현실에서 벗어난 조금 막연한 것이라면, 지금의 꿈은 나 자신을 돌아보면서 진취적이고 미래지향적인 현실적인 꿈이 되어야 한다.

소박한 꿈도 좋지만 좀 더 원대한 꿈을 지니고 살아가자. 끊임없는 노력을 해야만 도달할 수 있는 원대한 꿈이 우리의 가슴에서 강렬한 불꽃으로 타오를 때 우리의 미래는 희망과 행복한 삶이 보장되어 있을 것이다.

고전을 읽자

최근 몇 년 사이에 독서의 중요성을 지적하는 목소리가 부쩍 높아졌다. 논술의 비중이 강화된 대학입시에서는 독서를 많이 해야 좋은 점수를 고루 받을 수 있다. 독서와 논술의 성적이 꼭 비례하는 것은 아니지만 좋은 책을 많이 읽어야 좋은 글이 나올 수 있는 것이다.

독서의 필요성과 중요성은 말을 하지 않아도 누구나 절실히 느끼고 있다. 하지만 구체적으로 실현할 방법과 여건이 조성되지 않아서 그동안 구호로만 그친 감이 없지 않았다. 특히 컴퓨터의 생활화와 함께, 사이버 세계에 익숙해진 아이들에게 책을 손에 잡히기란 참 어려운 문제였다. 그렇지만 독서를 통하지 않고서는 올바른 사고의 성숙이 이루어지지 않기 때문에 우리는 독서를 강조하지 않을 수 없다.

그중 가장 고민을 많이 하는 부분은, 어떤 책을 읽어야 하는지다. 요사이는 교육청뿐만 아니라 도서관, 신문 등을 통해 학생들의 수준에 맞는 권장 도서 목록을 선정해서 배포하고 있다. 연일 쏟아지는 책의 홍수에서 방향을 잡지 못하고 헤매는 학생들에게 올바른 독서의 지침서를 마련해 준다는 것이 절대 쉽지 않다. 선정의 원칙은 폭넓은 교양을 쌓게 해 주고, 올바른 지혜와 심성을 길러 주는 책들이 가장 최우선이다.

그렇다면 이런 조건을 두루 가진 책은 어떤 책을 말할까? 이는 한마디로 고전이라는 책이다. 고전은 사실 재미가 없다, 어렵다, 현실감이 없다고들 흔히 생각해 왔다. 선생님들이 반드시 읽어야 한다기에 억지로 읽어온 사람들이 대부분이다. 이런 사람들은 진정한 고전의 가치를 잘 모르는 사람이다. 혹자는 시대에 뒤떨어진 책이 고전이라고도 생각한다. 정말 잘못된 생각이다.

고전이란 시대나 장소를 가리지 않고, 언제 어디서나 우리의 곁에서 살아 숨 쉬는 빛나는 책을 말한다. 그냥 오래된 것을 말하는 것이 아니라 그 속에 담겨있는 가치가 고전으로 만드는 중요한 요소다.

삶에서 단순한 지식이나 재미를 전해 주는 책은 많다. 하지만 그 책 속에서 소박한 삶의 지혜를 일깨워주는 책은 많지 않다. 고전이란 이렇게 단편적인 지식보다는 삶의 지혜가 가득 실려 있는 책을 말한다. 무의미하고 단순하게 살아가는 평범한 세계에서, 무한한 가능성과 밝은 미래가 펼쳐진 세계로 이끌어주는 지침서가 바로 고전이다. 의미 없는 책 수십 권을 읽는 것보다,

한 권의 고전에서 우리는 보다 진한 감동과 삶의 지혜를 얻을 수 있을 것이다. 읽을 때마다 새로운 깨달음을 선물하고, 크고 넓은 세상으로 나가는 방향을 제시해 주는 책이 바로 고전이다.

오늘부터라도 고전의 향기에 푹 빠져보자. 한 권의 책에서 느끼는 삶의 향기와 지혜의 맛을 음미하자. 고전 속에서 진정한 나의 삶을 밝혀주는 등대를 찾을 수 있을 것이다.

스승의 참뜻

언제부터인지 우리 사회에는 참스승이 없다는 말이 많이 들려온다. 제자를 진정으로 사랑하는 스승이 사라지고, 제자들도 스승을 진심으로 존경하지 않는다는 말이다. 다양한 사회적 변화로 가치관이 흔들리고 있는 현실을 생각하면 무엇인지 이 사회가 잘못 되어가고 있는 느낌이 종종 든다.

『논어』에 보면 '삼인행三人行이면 필유아사必有我師'란 말이 나온다. 세 사람이 걸어가면 그중에 반드시 나의 스승이 될 만한 사람이 있다는 말이다. 그럼, 공자님이 말씀하신 세 사람이란 어떤 사람일까? 이는 아무 특징이 없는 평범한 사람을 말한 것은 아니다. '나보다 나은 사람' '나와 비슷한 사람' '나보다 못한 사람' 이렇게 세 가지로 분류된다.

먼저 '나보다 나은 사람'에게서는 누구나 배울 점이 많을 것이다. 무엇이 그 사람을 뛰어난 사람으로 만들었을까? 어떻게 하면 그 사람처럼 살아갈 수 있을까를 생각하고 그 바라보는 마음을 본받으면 나 역시 그 사람처럼 될 수 있을 것이다. 즉 그 사람의 장점을 내 것으로 만들어 나갈 수 있도록 노력하게 된다는 것이다.

두 번째인 '나와 비슷한 사람'에게서는 내가 미처 알지 못했던 나 자신의 참모습을 발견할 수가 있다는 것이다. 흔히 우리는 자신을 잘 알고 있다고 생각하지만, 실제로는 그렇지 않은 경우가 많다. 마치 숲속에 앉아 있으면 숲을 다 볼 수 있는 것으로 생각하지만 실제로는 숲의 전체적인 모습을 잘 모르는 것과 같다. 이런 점에서 '나와 비슷한 사람'을 관찰하면 나의 장점과 단점을 객관적으로 알게 되고, 이를 바탕으로 장점은 더욱 살리고 단점을 보완하게 되므로 내 발전에 도움이 되는 것이다.

그럼, 마지막 부류인 '나보다 못한 사람'에게서는 무엇을 배울 수 있을까? 이는 역설적으로 생각할 문제이다. 즉 그 사람처럼 살아서는 안 된다는 것이다. 무엇이 그에게 그런 잘못된 길을 걷게 했을까, 왜 남에게 지탄받는 삶을 살게 되었을까 등을 생각하다 보면, '나는 저런 사람이 되지 말아야지' 하는 결의가 생긴다. 그리고 세상을 살아가면서 '해야 할 일과 하지 말아야 할 일'을 마음속에 새기며 살아가게 되는 것이다.

결국 『논어』에서 말하는 공자님의 참뜻은 세상을 살아가면서 보고 듣고 알게 되는 모든 것이 배움의 바탕이 된다는 것이다. 삶에서 일어나는 모든 일이 자신의 스승이 된다는 말이다. 좋은 일에서는 그 장점을 취하고 나쁜 일에서는 그 단점을 버린다면 어찌 우리의 장래가 밝지 않겠는가?

참스승은 먼 곳에 있지 않다. 내가 살아가는 삶 그 자체가 모두 나의 스승이다. 항상 자기를 돌아보고 반성하며 살아가면, 우리 사회는 희망의 참스승이 넘치는 바람직한 세상이 될 것이다.

6부

서예와 나

서예와 나

        내가 서예에 관심을 가지게 된 시기는 중학교 다닐 때이다. 그 당시 한옥으로 된 우리 집 대청마루에서 큰방 들어가는 문 위에 멋진 서예 작품 하나가 걸려 있었다. 유려한 한문 행서체로 쓴 "根深葉茂근심엽무"라는 효정 권혁택 선생님의 글이다. "뿌리가 깊으면 잎이 무성하다."라는 선친께서 좋아하는 글귀를 예전의 직장 동료이신 효정 선생님에게 부탁하여 받은 글이라고 전해 들었다. 중고등학교 시절 늘 이 글을 머리에 새기며 뜻도 중요하지만, 힘 있게 써 내려간 글씨체가 늘 가슴에 요동치고 있었다.

    고등학교를 졸업하고 사범대 국어교육과에 입학했다. 2학년 여름방학이 지났을 때다. 등산과 기타 연주 등 다른 취미활동에 심취해 있다가 갑자기 서예를 배우고 싶었다. 그때 지인의 소개를 받아 찾아간 곳이 상록서예원이었다. 효정 권혁택 선생님이 지도하는 곳으로 시내 고려예식장 뒷골목에 자리하고 있었다.

일 년 뒤에 다시 동성로 중앙양조장 안쪽으로 옮겼지만, 대학 졸업할 때까지 열심히 다녔다. 해서는 구양순의 '九成宮醴泉銘구성궁예천명'을 주로 배웠고, 행서는 왕희지의 '集字聖敎序집자성교서'를 공부했다. 3학년 때 효정 선생님께서 '愚堂우당'이라는 아호雅號도 지어주셨다. 매년 가을에는 대구백화점 전시실에서 원생들 작품 전시회도 가졌다. 당시 내가 출품한 작품의 명제는, 중국 초당 시대의 문장가 왕발의 「滕王閣序등왕각서」에 나오는 문장으로 '秋水共長天一色추수공장천일색'이란 해서 족자와 '高踏以全基志고답이전기지' 라는 작품도 선보였다.

대학 졸업 후 봉화 법전중학교에서 4년을 근무하고, 의성 금성고등학교로 전출했다. 1980년 다시 대구의 사립학교에 터를 잡고 서예에 몰입하게 되었다. 예전에 상록서예원 총무로 있다가 독립한 서산 권시환 선생의 아산서실을 찾아갔다. 동산동 원만사 학생회관 2층에 있다가, 근처 대한복장학원 3층으로, 다시 시내 화랑 골목으로, 마지막으로 대구백화점 근처 동인호텔 옆으로 서실 이사를 자주 했다.

아산서실에서 본격적으로 서예에 빠져들었다. 젊은 원장인 서산 권시환 선생은 서예에 대한 열정과 패기가 보통이 아니었다. 중봉의 집필법을 강조하며, 정통으로 붓을 잡는 법부터 한 획 한 획 운필하는 법을 철저하게 지키며 글을 쓰게 하였다. 언젠가 차 한잔을 앞에 놓고 담소하던 중 서산 선생은 "나는 꿈속에서 구양순 선생을 만나 함께 걸어가면서 글씨를 물은 적도 있다."라는 얘기를 들으며 얼마나 깊이 고민하고 공부하는가를 짐작하게 했다. 당시 대구의 다른 서예학원에서는 안진경의 '근례비'를 많이 공부하였지만, 여기서는 구양순의 '구성궁예천명'을 공부했다. 왕철 이동규 선생이 경영하는 서실에서도 구양순체를 가르쳤지만, 해석하고 쓰는 관점이 달랐다. 글을 써서 벽에 걸어놓고 보면 '납작하게 누운 글과 볼록하게 걸어 나올 듯한 서 있는 글'의 차이였다. 나는 여기서 구양순체를 많이 공부했지만, 당나라 이전의 육조체에도 관심이 많았다.

1981년부터 1985년까지 각종 공모전에 도전했다. 주로 육조체와 묘지명을 임서했다. 공모전 준비는 서산 선생님의 체본을 받아 보통 두세 달 동안 매진했다. 휴일에도 하루 종일 서실에 앉아 먹을 갈고 작품 제작에 몰입했다. 운이 좋게도 입상을 많이 했다.

1. 제3회 신라미술대상전 서예 부문 입선(1981. 10. 31.)
2. 제2회 대구직할시 미술전람회 서예 부문 입선(1982. 10. 5.)
3. 제3회 대구직할시 미술전람회 서예 부문 입선(1983. 6. 4.)
4. 제4회 신라미술대상전 서예 부문 특선(1983. 10. 30.)
5. 제4회 대구직할시 미술전람회 서예 부문 입선(1984. 6. 2.)
6. 제5회 신라미술대상전 서예 부문 입선(1984. 10. 28.)
7. 제6회 신라미술대상전 서예 부문 입선(1985. 10. 21.)
8. 제6회 대구직할시 미술전람회 서예 부문 입선(1985. 11. 14.)

9. 제1회 전국교원서예실기대회 은상 (1983. 12. 24.)

1986년부터는 지강 하웅규 선생과 같이 종로의 카톨릭근로
자회관 지하에서 '안분서실'이란 간판을 달고 공부를 하였다.
서예계의 여러 가지 비리를 알고는 1986년부터 공모전 출품을
접었다. 그냥 그냥 좋아서 무작정 공부했지만, 1998년쯤 여러
가지 사정으로 붓을 놓게 되었다. 한때는 서예에 미쳐 직장을
그만두고 서실을 운영할지 생각할 정도로 몰입했지만, 어느 한
순간 물거품이 되었다. 하루라도 글씨를 쓰지 않으면 못 살 것
같았지만 '세상일은 손바닥 뒤집는 것'과 같다는 진리를 알았
다. 붓을 놓아도 아무 일도 일어나지 않았고, 또 다른 경험하고
살아야 할 일이 넘치고 넘치는 것이 우리의 삶이란 것을 어렴풋
이 느끼게 되었다.

곰곰 생각하니 아득한 꿈속의 일처럼 느껴진다. 종종 지인과
동료들이 부탁한 글로 작품을 많이 했다. 지금은 작품에 대한
자료가 대부분은 사라지고 흔적도 별로 없다. 어느새 40여 년
전의 일이니까. 제3산문집을 출간하면서 남은 여백을 채운다.
내 삶의 절정을 달리던 시절, 몰입했던 서예작품 사진 몇 점을
갈무리한다. 먼 훗날 나를 아는 사람들과 내 손자들이 할아버지
와 함께 기억할 것을 생각하면서…. 돌아보니 그때 사진이라도
많이 찍어 두었으면 좋았을 것을 하는 아쉬움도 남는다.

生於天上諸佛之所若生世界
妙樂自在之處若有苦累即令
解脫三塗惡道永絶因趣一切
眾生咸蒙斯福
辛酉秋恩堂書

景穆皇帝之曽孫鎮北將軍
冀州刺史城陽懷王之季子
也君資性夙靈神儀卓尓少
翫之奇琴書逸影
癸亥仲秋節浩書

신라미술대상전 특선 작품 (1983년)　　신라미술대상전 입선 작품 (1981년)

悟盡性鴶已成心
本是以此丘道匠住与妙曰今
則應合无方昇峯由源思果依
大覺去塵有生謂絕尋慮形

愚室辛亥悟謹

寬仁蔫行之風彰於羽捺成務
理物之志表於壯年後魏初起
家右侍中士三年加曠野将軍
周明革運授中

甲子秋慕雲辛亥法謹

대구직할시전 입선 작품 (1983년)　　　대구직할시전 입선 작품 (1984년)

樹欲靜而風不止　子慾養而親不待

수욕정이풍부지　자욕양이친부대

掫欲靜而風不止
子慾養而親不待

萬福雲歸洙輪疊駕元世父母
及弟子等來身神騰九空迹登
十地五道群生咸同此顎孟廣
達文蕭顯慶書 辛酉蘭燦 愚堂

신라미술대상전 입선 작품 (1982년)

나무는 고요하고자 하나 바람이 그치지 아니하고,
자식은 봉양하고자 하나 어버이는 기다리지 않는다.
살아계실 때 효도하라는 뜻.

독서는 생각하기 위함이요, 생각함은 행동하기 위함이라,
독서를 통하여 생각하고 행동함은, 우주 안에 내가 있게 함이고,
나의 존재가 만상 가운데 으뜸되게 함이니라.

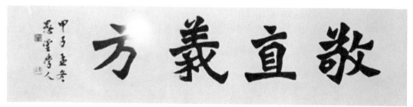

敬直義方(경직의방)
공경함으로써 마음을 올바르게 하고,
의로움으로써 행동을 바르게 한다는 뜻.
육조체로 씀.

靜觀(정관)
고요함 속에서 사물을 관조한다는 뜻.

累仁積德根基厚對宇望衡氣象新(누인적덕근기후 대우망형기상신)
친구의 거실에 있는 것을 사진 찍었음.

丈夫當死心如鐵 烈士當危氣如雲(장부당사심여철 열사당위기여운)
대장부는 죽음에 임할 때 마음이 쇠와 같고,
열사는 위기에 닥쳤을 때 정기가 구름과 같다.

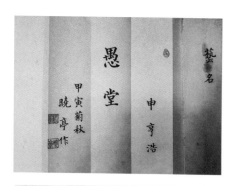

대학 3학년 때
효정 선생님께 받은 아호

盡人事待天命(진인사대천명)
인간으로서 해야 할 일을 다하고 하늘의 명을 기다리라는 뜻.

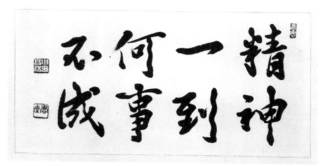

精神一到何事不成(정신일도하사불성)
정신을 한 곳에 모으면 어떤 일이든 이루지 못할 것이 없다는 뜻.

정들었던
내 작품
낙관(落款)

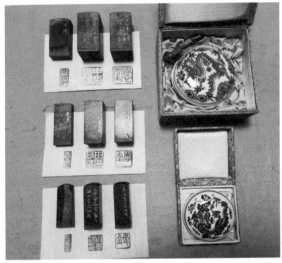

인주는 쑥가루
주사가 들어간
1급 서령인니

〈전각을 하신 분들〉
심대(心臺) 여동한 刻 - 을축년, 1985년
지강(志岡) 하응규 刻 - 정묘년, 1987년
호산(湖山) 김경백 刻 - 을묘년, 1975년

각종 공모전에서 받은 상장들

2015년 퇴직하면서 받은 홍조근정훈장